Universale Economica Feltrinelli

ALICE: I GIORNI DELLA DROGA

Prefazione di Max Beluffi

Feltrinelli

Titolo dell'opera originale
GO ASK ALICE

Traduzione dall'americano di
CARLO CORSI

Prima edizione nella collana "Franchi Narratori" aprile 1971
Prima edizione nell'"Universale Economica" giugno 1982
Ventiseiesima edizione luglio 2002

ISBN 88-07-80967-2

Sembrano, all'inizio, le tranquille effemeridi di una ragazza americana turbata solo da qualche difficoltà comunicativa con i genitori e da talune sue piccole imperfezioni somatiche ed estetiche. Ma, ad un tratto, in questa tranquilla esistenza di adolescente, compare la droga: vi irrompe in guisa imprevista e violenta nel corso di un party con i compagni. È come lo spalancarsi di un abisso di angoscia nel quale la giovane esistenza si avvia ben presto a dissolversi. Emerge cosí un mondo di sensibilità morbose che si dilata subito paurosamente: in esso la ragazza viene riconoscendo la voce del proprio destino. L'uso delle droghe induce assai presto la condizione della dipendenza ed Alice diventa, sia pure per breve tempo, oltre che utilizzatrice personale, anche spacciatrice di droghe, perfino tra i bambini della scuola elementare.

Colpisce la penetrazione con cui Alice riassume le sue esperienze drogastiche; ma, per quanto dettagliate e lucidissime, le pagine del suo diario dedicate a tale analisi non sono le piú numerose. È impressionante invece l'esposizione dei conflitti che prendono forma in lei e che coinvolgono progressivamente i suoi rapporti con la famiglia, la scuola e la società. Giorno dopo giorno, la convivenza con i familiari diventa sempre piú difficile, fin quando Alice, non potendosi sottrarre all'angoscia che la tormenta, decide di fuggire di casa. La seguiamo nella sua breve avventura a San Francisco, che si conclude con un penoso rientro in famiglia.

Ma anche la famiglia ha subito i duri contraccolpi di questa vicenda: a breve distanza di tempo l'uno dopo l'altro vengono meno i nonni, due figure quasi protettive nell'esistenza della giovane. Alice, tra una vi-

cenda drogastica e l'altra, ha avuto modo intanto di iniziare una turbolenta esperienza sessuale, finendo come una piccola prostituta. Nel segreto essa coltiva ancora gli ideali della sua giovane età; ma questi si trasformano man mano in motivi di colpa, alimentando in lei conflitti insostenibili per la loro portata tragica. Le pagine in cui essa si interroga su questi aspetti della sua sofferenza sono forse le piú profonde e drammatiche.

Intanto gli avvenimenti incalzano anche perché Alice è catturata nel vortice dei giovani drogati i quali la minacciano, la ricattano, la dileggiano, la diffamano, la perseguitano senza tregua. Il sentimento di colpa si trasforma cosí in una ossessionante esperienza persecutoria e prepara le condizioni sufficienti per il successivo scatenamento della follia.

E cosí — in altra circostanza, parimenti gratuita ed assurda come quella iniziale che dischiuse alla giovane il mondo della droga — Alice viene ancora dispettosamente drogata, a sua insaputa, dai suoi compagni-persecutori. Ma, mentre il gioco della droga era avvenuto la prima volta in un ambiente rassicurante e suasivo, in questa circostanza tutto si svolge secondo una dimensione paurosa di dispetto e di terrore. Alice è stremata dalla paura e l'incombente atmosfera di angoscia scatena in lei l'esplosione della pazzia.

Dopo che, nel corso di una crisi di furore incosciente, si è orribilmente ferita nel corpo ed anche parzialmente mutilata le mani, Alice viene rinchiusa in un ospedale psichiatrico. I quindici giorni di permanenza nel manicomio segnano l'acme della sua tragedia. I toni con cui questa esperienza viene disegnata sono infinitamente cupi. Riusciamo cosí a comprendere una volta di piú ed ancor meglio l'assurdità dei criteri con cui da parte dei troppi si considera l'essenza della follia in generale e si valutano le anomalie di esistenza dei tossicomani in particolare. La protesta di Alice, d'altra parte, erompe piú veemente proprio là dove essa an-

nota che le circostanze-chiave della sua tragedia derivarono sempre dalla frode *di chi le somministrava con malvagità ed a sua insaputa la droga. E riusciamo a cogliere cosí assai bene il nesso che intercorre qui tra fraudolenza, alienazione e tragedia.*

L'esperienza del manicomio si conclude in breve, e poi Alice torna a casa. Ma il suo destino ormai è definitivamente segnato. Un insopportabile sentimento di colpa la estrania da ogni vero contatto con gli altri. Le sue notti sono divenute insonni. Alice abusa ormai di farmaci soporiferi. Durante una di tali notti tormentate, la uccide, forse, una dose eccessiva di sonniferi.

Questo è il dramma di Alice. Che cosa si cela nella sua profondità? Quale messaggio esso ci fa pervenire?

Molti giovani muoiono ormai per effetto dell'abuso di droghe, nei piú vari paesi del mondo. Alice però si distingue dalle molte altre giovani vittime, poiché ci ha lasciato un diario. In questo diario si riassumono non solo le vicende di una giovane esistenza perduta, ma trovano altresí una eco i problemi della società americana (e non solo americana) del nostro tempo.

Perché mai la droga (ovvero le sostanze psichedeliche, *come dicono colà) si è talmente diffusa tra i giovani, nel corso di questi anni?*

È quasi impossibile formulare una risposta esauriente a tale domanda. Dobbiamo tuttavia tener conto dei fattori storici e culturali che hanno facilitato questo particolare stile di evasione collettiva dalla realtà. La cosa interessa a noi europei, oggi, tanto piú direttamente in quanto l'abuso di sostanze psichedeliche si va diffondendo a macchia d'olio anche qui. Non pochi dei nostri ragazzi ripercorrono il cammino di Alice, anche senza giungere, magari, alle conseguenze estreme cui essa approdò.

Come, dunque, poter meglio comprendere questi fenomeni onde ovviare alle tragedie che ad essi si collegano?

Innanzitutto è importante non drammatizzare il pericolo e cercare di affrontarlo con chiarezza di propositi. L'arma piú potente, a questo scopo, è forse la piú semplice, vale a dire il ricorso alle possibilità profonde della comunicazione umana, instaurando una radicale franchezza di rapporti tra genitori e figli. Se un elemento emerge con forza tra i molti che provocarono la tragedia di Alice, esso deve essere ravvisato essenzialmente nella originaria carenza di empatia e di comunicazione tra la giovane e i suoi genitori.

Taluni diranno che questo dell'isolamento comunicativo, in realtà, è soltanto un fenomeno marginale del molto piú complicato processo di collettiva alienazione *che affligge l'uomo attuale; ma piú proprio sarebbe forse qualificare questo tratto come collegato all'*ignavia *(boredom)* comunicativa *che impende oggi sulla "folla solitaria" composta e proposta anche dalle singole unità familiari del nostro tempo. Troppi genitori e figli trovano un facile alibi ai loro ignavi silenzi nella panacea giustificatoria della incomunicabilità...*

Ma per restaurare la possibilità di tale comunicazione umana molti ostacoli si frappongono. Li esaminò con perspicacia, in questi ultimi anni, un acuto psicologo e sociologo come Kenneth Keniston[1]*; e noi non staremo qui a ripercorrere il suo viaggio.*

Per ben comprendere il significato profondo di fenomeni cosí inquietanti come quelli che intessono la storia di Alice, non basta appellarsi soltanto a talune importanti tematiche sociali e psicologiche a risonanza piú evidentemente negativa. Ricorderemo, in proposito: la scomparsa della figura archetipica del pa-

[1] Kenneth Keniston, *The uncommitted: alienated youth in American Society*, Harcourt, Brace a. World, Inc., New York 1965.

dre, il pessimismo esistenziale, la dialettica dissolutoria della nostalgia, la frammentazione del vissuto, il culto del presente, il gap generazionale tra padri e figli ecc.

Vi sono infatti anche altre tematiche ricorrenti nella società occidentale del nostro tempo, le quali non rappresentano affatto in prima istanza la dimensione dissolutoria della nostra visione del mondo. Nei confronti di esse l'universo drogastico e giovanile funziona come un vero e proprio apparato risuonatore e rivelatore. In questo contesto rivelatore si manifestano le aspirazioni — deviate quanto si vuole, ma pur sempre sintomaticamente espressive — di una profonda sete di conoscenza e di apertura nei confronti dell'universo dell'esperienza, anche quando esso si estende in direzione di orizzonti paurosamente remoti. Si riesce così ad intendere le ragioni per cui l'avventura di un "viaggio" drogastico può apparire così invitante per molti adolescenti dei nostri giorni, mentre per noi adulti essa appare del tutto gratuita ed anzi assurda.[2]

Meditare sulla testimonianza offertaci da queste voci è oggi indispensabile. Infatti, se non si comprendono questi aspetti del mondo drogastico giovanile si corre il rischio di assumere nei confronti di esso un atteggiamento repressivo ed autoritario che, lasciando insoluti i problemi più profondi di tale stesso "mondo," minaccia di estenderne su ancor più vasta scala la virulenza e la capacità dissolutoria.

Anche senza voler considerare queste caratteristiche espressioni di una ricerca che a noi può apparire paradossale e quasi coartativa, bisogna tuttavia riconoscere che molti giovani (diversamente da quel che avvenne ad Alice, la quale fu indotta fraudolentemente alla co-

[2] Il richiamo a talune figure emblematiche come quella di Timothy Leary, di Paul Goodman, di Allen Ginsberg, di J. Beck, ecc. è quasi d'obbligo, a questo punto. Cfr.: Th. Roszak, *La nascita di una controcultura*, Feltrinelli 1971.

noscenza degli psichedelici e dei narcotici) decidono liberamente di affrontare il rischio di una o piú di queste pericolose avventure. Perché?

*Alla radice di tale inquietudine preme l'urgenza di allargare i confini della propria esperienza e cioè — come taluni dicono — di "uscire dalla pelle." Nello stesso tempo v'è anche l'ansia di "uscire dal tempo" e di poter vivere con frenetica partecipazione la totale esperienza del presente-istantaneo. Il goethiano appello al*l'attimo fuggente *trova nell'esperienza drogastica la possibilità di realizzarsi quasi alla perfezione. E ciò all'insegna di un artificiale ingigantimento percettivo grazie a cui il mondo puntiforme delle sensazioni elementari viene esaltato in guisa magica. Sotto l'azione delle droghe psichedeliche, le singole sfere percettive, entrate in crisi sinestesica, perdono ogni reciproco confine definitorio sí che tutto l'universo sensibile si fonde in una sorta di parossismo panico.*

Ancor piú che da altri bisogni, comunque, il ricorso alla esperienza drogastica è alimentato (specialmente nei Paesi americani) dal bisogno di "uscire dalla solitudine." Questo motivo risulta sottolineato ripetutamente in molti tratti del diario di Alice. Per effetto delle sostanze psichedeliche[3] *molti sistemi di repressione della coscienza "saltano" ed il soggetto, completamente disinibito (anzi, per lo piú "isterizzato," come annota Alice), rompe momentaneamente le barriere del suo Io-proprio e raggiunge un certo qual contatto con "gli altri." Ma che significa tutto ciò? Quali "altri" autentici vengono raggiunti? L'illusione metamorfica dell'Io è di breve durata e, al termine del "viaggio," — immutato rimanendo lo jato inter-egoico tra i singoli "Io" partecipi della esperienza psichedelica — l'impatto con la*

[3] Faccio astrazione dall'uso delle droghe derivate dall'oppio, come la morfina, la codeina, l'eroina, ecc. (le quali non possono essere catalogate tra gli psichedelici veri e propri), i cui effetti desocializzanti, a differenza di quelli prodotti dagli allucinogeni, sono molto piú gravi e precoci.

quotidiana realtà sociale si incarica di isolare ancor di piú il singolo soggetto, reduce dalla breve fuga nei caleidoscopici spazi della droga, inchiodandolo, per fatale contrappasso, ad un ingigantito sentimento di colpa e di inferiorità.

È certo che la costituzione sociale dell'Occidente ha avuto il gran torto di coartare nel singolo individuo la sfera di libera disponibilità del "fantastico," condannando questa sfera — con il progredire delle tecniche e l'organizzarsi ideologico delle tecnologie — entro confini sempre piú artificiosi (cinema, televisione, radio, ecc.) ovvero ritualistici (teatro, drammatizzazioni di vario genere). Tempo fa, parafrasando un ben piú antico e famoso aforisma, qualcuno scrisse: "Nihil est in intellectu quod prius non fuerit in phantasia." Pare però che la sterile guerra delle "due culture" (nel cui contesto i sostenitori della "logica" hanno misconosciuto completamente gli argomenti poetici e fantastici della "retorica") abbia indotto a dimenticare questo importante avvertimento.

Sta di fatto che il "fantastico" — vanamente conculcato da una dominante cultura sterilmente logicistica — si sta prendendo una terribile rivincita, oggi, ricomparendo ed imponendosi, sul teatro della storia e della civiltà, con tutte le sue inquietudini e i suoi interrogativi. E non è un caso che questa irruzione avvenga proprio in un momento come l'attuale in cui la nostra visione del mondo è posta cosí acutamente in crisi a causa del sovrapporsi delle drammatiche tensioni politico-sociali che oggi si moltiplicano in ogni paese.

Quale sia il reciproco rapporto — sotto questo profilo — che si deve riconoscere esistente tra la scoperta degli psichedelici (e delle altre droghe psicomimetiche) da parte di intere comunità giovanili, da un lato, e la piú generale urgenza della liberazione "fantastica" dell'umanità del nostro tempo, dall'altro, è assai difficile poterlo dire. È indiscutibile tuttavia che questa sor-

ta di artificiosa implosione del mondo fantastico minaccia di travolgere le basi stesse della nostra estetica sociale. Tale attentato avviene all'insegna del sovvertimento dei canoni e dei riferimenti-comuni-di-senso grazie ai quali è stato costituito, nel corso dei secoli, per opera dell'umanità, il patrimonio dei codici e degli intendimenti-percettivi-comuni che conferiscono forma e significato al contratto sociale.

La sovversione dei codici percettivi, disintegrando questo patrimonio, crea i presupposti per lo sviluppo di una sorta di "amenza estetica" di gruppo, oppure anche collettiva. Il ritualismo drogastico, svuotato di ogni originario (etico e religioso) significato conoscitivo, sradica il soggetto dalla "comunità interpretativa sociale," affacciandolo sempre piú di frequente all'inquietante e misterioso universo degli implessi caotici inconsci dai quali, per vie culturalmente assai ben definite, derivano le interpretazioni-percettive-fondanti-originarie e la costituzione primaria stessa dei significati.[4]

D'altra parte, questa esasperazione del fantastico pone le basi per una degradazione del mondo stesso dell'immaginario. Laddove il fantastico si abbandona alle convulsioni dell'allucinatorio artificioso, l'immaginario corre il rischio di coartarsi nella opacità dello stereotipo artificiale. Questa correlazione andrebbe meglio analizzata, poiché evidentemente esiste un preciso rapporto che conduce, attraverso la esasperazione dello stereotipo prefabbricato insito nei "nuovi miti e nuovi riti" (proprio di un certo American style of life*), allo sbocco non affatto correttivo ma semplicemente alternativo della ubriacatura nel fantastico. L'allucinatorio-fantastico della droga, ricercato surrettiziamente per sottrarsi all'an-*

[4] Come è noto, esistono correlazioni precise tra il mondo delle attività estesiche (ed estetiche), posto in crisi dai rituali drogastici, e la emergenza di aspetti sconosciuti e numinosi del preconscio e dell'inconscio sia personale che collettivo. Da ciò deriva l'uso che di queste droghe psichedeliche si è fatto in campo psicoterapeutico e religioso. Si veda in proposio. C. Castaneda, *A scuola dallo stregone*, Astrolabio, Roma 1970.

goscia del quotidiano mondo "cosale" e "cosalizzato," propone un particolare magismo sovraccarico di determinismo. Sono i determinismi significativi radicali che contrassegnano l'angoscia primaria della decrittazione segnica.

L'uomo — animal symbolicum, *come diceva E. Cassirer — non può sottrarsi al suo destino significativo. Ogni tentativo di manipolazione della coscienza simbolica ci ripropone in termini sempre piú drammatici e imperscrutabili lo sconcertante enigma originario della costituzione del* segno. *E cosí, quella che può sembrare a taluno, od a molti, soltanto la innocente ripetizione del secondo fantastico viaggio di Alice,*[5] *minaccia di trasformarsi nella scoperta senza ritorno dell'al-di-là-dello-specchio.*

E *v'è da ritenere che la specularità (anzi: la esplorazione della profondità dello* spazio speculare della coscienza) *possa rappresentare abbastanza esattamente — in senso cronologico e stilistico, rispetto ai modi piú attuali di interrogarsi della coscienza del nostro tempo — la suggestione piú interessante che si può trarre dai "tristi errori" della nostra Alice, affascinata dalla droga e da questa risucchiata nella voragine speculare del suo "sé" arcano. Nella profondità della coscienza percettiva, infatti, si proietta specularmente un mondo molto piú misterioso di quello presagito dalle varie psicologie del profondo. O forse è quello stesso mondo, rovesciato, attualizzato e reso eloquente attraverso la magia rivelatrice della droga.*[6]

Comunque, non si viaggia troppo a lungo senza pericolo nel regno dei "nonsense" letargici, soprattutto quando tali artificiosi "nonsense" cessano di rappresen-

[5] Riferimento, in particolare, alla seconda delle due opere di LEWIS CARROLL (*Alice's Adventures in Wonderland*, 1865; *Through the Looking-Glass*, 1871) che hanno costituito il trasparente ordito del progetto editoriale di queso diario.

[6] GERARD GENETTE, *Figure: Retorica e strutturalismo*, Einaudi, Torino 1969.

tare un ingenuo gioco letterario (come per le avventure della ottocentesca Alice) e diventano invece occasione di non superabili angosce mortali. Alimentare una serie continua di esperienze allucinatorie artificiali, vissute in gruppo, non è, in fin dei conti, molto dissimile dal progetto di dar forma ad una particolare "esperienza comunitaria lethomerímnica,[7] *nell'identica guisa in cui essa era stata istituzionalizzata dai mitici Lotofagi, creati dall'icastica fantasia di Omero.*

Ecco il racconto di Odisseo, allorché l'eroe descrive quella avventura che non ha paragone:

Da allora, per nove giorni venni sballottato
da un turbinoso ciclone, su e giú per il mare, con i pesci.
E fu solo al decimo che riuscimmo a metter piede
a terra: era la terra dei Mangialoppio, gente
che si nutre di un certo fiore. Verso l'interno
ci spingemmo a far provvista d'acqua: e i miei
subito dopo si diedero al mangiare, presso le navi;
quindi satolli che fummo di cibo e bevande, mandai
alcuni, due uomini scelti, e in piú, insieme,
un araldo, per accertare di che razza quegli uomini
fossero, che abitavano la terra e si nutrivano
di pane. Subito i miei uomini partirono, e vennero in contatto
con la gente dei Mangialoppio. Ora i Mangialoppio
non pensarono affatto di uccidere i nostri gregari,
anzi diedero loro da assaggiare l'oppio. Cosí avvenne
che quelli, mangiato il frutto, dolce come miele,
non volevano piú presentarsi, né ritornare in patria:
volevano rimanere là insieme alla gente
dei Mangialoppio, per coglier l'oppio e cader nell'oblio.
Piangevano piangevano, quando, con modi bruschi,
li caricai sulle navi; dovetti trascinarmeli a forza
e legarli dentro gli scafi sotto coperta. Ordinai
agli altri gregari di salire in tutta fretta a bordo,
prima che essi pure, mangiato l'oppio obliassero tutto.[8]

[7] Da *lethomèrymnos* = *che fa dimenticare le sollecitudini.* Non si dimentichi la ben nota assonanza tra λήθη = *oblio* e λωτός = *lòto.*

[8] Omero, *Odissea*, IX, 101-124. (Trad. di E. Villa, di prossima pubblicazione presso Feltrinelli.)

A noi, stupefatti dinanzi a così presaga intuizione, non resta che chiederci: quanti sono, oggidì, i visitatori dei remoti lidi di Psychedelia che trovano la possibilità di reimbarcarsi sulla nave di Ulisse?...

Max Beluffi

Questo libro si basa sul diario, autentico, di una ragazza di 15 anni che si droga.

Non si tratta di un rapporto definitivo sul mondo della droga tra gli adolescenti del ceto medio. È un libro che non offre alcuna soluzione al problema.

Si tratta comunque di una cronaca molto personale e specifica. Ma anche cosí, speriamo che fornisca utili elementi per la comprensione del mondo sempre piú complicato in cui viviamo.

I nomi, i luoghi, le date ed alcuni avvenimenti sono stati mutati in conformità ai voleri delle persone interessate.

I curatori

Diario numero uno

16 settembre

Ieri mi sembrava d'essere la persona piú felice della terra, dell'intera galassia, di tutto il creato. Ma è stato proprio ieri o milioni di anni luce fa? Pensavo che l'erba non avesse mai profumato tanto d'erba e che il cielo non mi fosse mai sembrato cosí alto. Ora tutto mi è crollato in testa e vorrei potermi sciogliere nella futilità dell'universo e cessare di esistere. Oh, ma perché non posso farlo? Come posso affrontare Sharon, Debbie e tutti gli altri ragazzi? Come faccio? A quest'ora la notizia ha già fatto il giro di tutta la scuola, ne sono sicura! Ieri ho comprato questo diario perché pensavo d'aver finalmente da dire qualcosa di veramente bello, grande e importante, qualcosa di cosí personale che non avrei potuto farne partecipe alcuna persona vivente, tranne me stessa. Ora, come ogni cosa della mia vita, il diario non ha piú alcun valore.

Non riesco davvero a capire come Roger abbia potuto far questo a me che l'ho amato da quando ho memoria e che ho atteso tutta la vita che lui mi notasse. Ieri, quando mi ha chiesto di uscire, credevo che sarei morta, letteralmente e completamente, di felicità. Lo pensavo davvero. E ora il mondo intero è freddo, grigio e indifferente e la mamma continua a scocciarmi perché pulisca la mia stanza. Come fa a continuare a scocciarmi perché io pulisca la stanza quando mi sento morire? È possibile ch'io non sia neppure padrona dell'intimità della mia anima?

Diario, ti toccherà aspettare fino a domani altrimenti sarò costretta a sorbirmi la solita lunga tirata sul mio atteggiamento e sulla mia immaturità.

Ciao.

17 settembre

La scuola è stata un incubo. Avevo paura di vedere Roger ogni volta che voltavo un angolo dell'ingresso, e tuttavia ero disperata perché temevo di non vederlo. Continuavo a ripetermi, "Forse c'è stato un intoppo e mi darà una spiegazione." A pranzo ho dovuto dire alle ragazze che non si era fatto vivo. Ho fatto finta di fregarmene, invece, oh, diario mio, lui m'interessa, eccome! M'interessa tanto che mi sento lo stomaco a pezzi. Com'è possibile essere cosí infelice, imbarazzata, umiliata, bastonata e tuttavia ancora in grado di funzionare, parlare, sorridere e concentrarmi? Come ha potuto Roger far questo a me che non farei del male, almeno intenzionalmente, a nessuno a questo mondo? Ma se non faccio mai del male alla gente, sul piano fisico e su quello emotivo, come mai la gente insiste a farmene? Anche i miei genitori mi trattano come se io fossi stupida, un essere inferiore, un'eterna bambina. Immagino che non sarò mai all'altezza delle speranze di nessuno. È certo che non sono all'altezza di ciò che vorrei essere.

19 settembre

Compleanno di papà. Poca roba.

20 settembre.

È il mio compleanno. Ho 15 anni. Niente.

25 settembre

Caro diario,

non ho scritto per quasi una settimana perché non è successo niente d'interessante. Gli stessi vecchi professori stupidi che insegnano le stesse vecchie materie stupide nella stessa vecchia scuola stupida. Mi sembrava di non provare piú interesse per nulla. All'inizio pensavo che le scuole superiori sarebbero state divertenti, invece sono semplicemente noiose. Tutto è noioso. Forse è cosí solo perché sto diventando grande e la vita diviene piú *blasé*. Julie Brown ha dato una festa ma io non ci sono andata. Sono ingrassata di quattro orribili, grassi, sciatti, gelatinosi chili e non ho niente da mettere. Mi sento gelatinosa e perciò comincio anche a mostrarlo.

30 settembre

Una notizia meravigliosa, diario! stiamo per trasferirci. Papà è stato invitato a diventare il decano della Facoltà di Scienze Politiche dell'Università di... Non è magnifico? Forse tutto tornerà ad essere com'era quando ero bambina. Forse lui insegnerà ancora in Europa ogni estate e noi andremo con lui come facevamo allora. Ah, quelli sí che erano bei tempi! Comincerò a mettermi a dieta subito, a partire da oggi. Per quando saremo nella casa nuova, anch'io sarò una persona nuova. Di sicuro. Neppure un singolo morso di cioccolato e una patatina fritta oltrepasserà le mie labbra finché non avrò perso cinque chili rotondi di lardo informe. E mi farò un guardaroba completamente nuovo. Che m'importa di Roger il Ridicolo? In confidenza, diario, me n'importa ancora. Credo che l'amerò sempre, ma forse poco prima che noi si vada via, quando sarò magra, con una pelle assolutamente perfetta, morbida e pulita come una rosa, e quando avrò degli abiti da indossatrice, lui mi chiederà un altro appuntamento. Gli devo dire di no, fargli un bidone oppure sarò debole (ho proprio paura che lo sarò) e uscirò con lui?

Oh, per favore, diario, aiutami ad essere forte e coerente. Aiutami a far ginnastica ogni mattina e ogni sera, ad avere una carnagione fresca, a mangiar le cose giuste, ad essere ottimista, simpatica, positiva e allegra. Desidero tanto d'essere importante oppure semplicemente di ricevere qualche invito a uscire con un ragazzo, di tanto in tanto. Forse riuscirò ad essere nuova e diversa.

10 ottobre

Caro diario,

ho perso piú di un chilo e siamo tutti impegnati ad organizzarci un po' per traslocare. La nostra casa è in vendita e papà e mamma sono andati a... a cercarne una nuova. Io sto qui con Tim e Alexandria, e anche se tu ne sarai sorpreso, non mi danno troppa noia. Siamo tutti eccitati all'idea di cambiare casa e fanno tutto ciò che gli dico quando si tratta di aiutare a mettere in ordine, far da mangiare ecc., be' quasi tutto. Credo che papà comincerà il suo nuovo lavoro a metà del trimestre. È eccitato come un ragazzino e sembra essere tornato ai bei tempi. Sediamo intorno al tavolo, ridiamo, scherziamo e facciamo dei progetti insieme. È bellissimo. Tim e Alex insistono per portar via tutti i loro giocattoli e le loro cianfrusaglie. Quanto a me, mi piacerebbe invece aver tutto nuovo, eccetto i miei libri: fanno parte della mia vita. Quando venni investita da una macchina in quinta elementare e fui obbligata a portare il gesso per tanto tempo, sarei morta senza di loro. Ancora adesso non riesco proprio a decidere quali parti di me siano autentiche e quali invece siano state influenzate dai libri. Ad ogni modo va benissimo cosí! La vita è certamente bella, meravigliosa ed eccitante ed io non vedo l'ora di vedere quello che c'è dietro il prossimo angolo e tutti gli angoli a venire.

16 ottobre

Il papà e la mamma sono tornati oggi. Hurrà! abbiamo una casa! È una vecchia e grande casa in stile spagnolo. La mamma l'adora. Non vedo l'ora di trasferirmi là. Non vedo l'ora! Non vedo l'ora! Il papà e la mamma hanno fatto delle fotografie che saranno pronte tra tre o quattro giorni. Non vedo l'ora, non vedo l'ora! Non l'ho già detto un milione di volte?

17 ottobre

Anche la scuola è di nuovo divertente. Ho avuto 8 nel compito di algebra e in tutte le altre materie ho degli 8 e dei 7. L'algebra è la cosa piú difficile. Se gliela faccio in quella, credo di riuscire a fare anche l'impossibile! Di solito se ho fortuna prendo un sei, anche quando mi ammazzo di studio. Non è strano? Sembra che quando qualcosa ti va bene anche tutto il resto vada liscio. Vado perfino piú d'accordo con la mamma. Sembra proprio che lei non voglia piú stuzzicarmi tanto. Non riesco a capire quale di noi due sia cambiata, davvero non ci riesco. Forse sono io ad essere diventata almeno un po' ciò che lei vorrebbe che io fossi, qualunque cosa significhi, tanto da non costringerla a starmi sempre alle costole oppure è lei ad essere meno esigente?

Ho perfino visto Roger nell'atrio della scuola e non mi ha fatto né caldo né freddo. Lui mi ha detto "ciao" e ha smesso di parlare, ma io gli sono semplicemente passata a fianco proseguendo per la mia strada. È certo che non mi manderà di nuovo a gambe all'aria! Gesú, e sono appena passati tre mesi!

22 ottobre

Scott Lossee mi ha chiesto di andare al cinema con lui venerdí. Sono diminuita di 5 chili. Sono scesa a cinquantatré chili, e va benissimo ma a me piacerebbe dimagrire di altri cinque. La mamma dice che non dovrei dimagrire troppo ma lei non capisce niente. Io invece so quello che mi ci vuole. È tanto tempo che non mangio un dolcino che ne ho quasi dimenticato il sapore. Forse venerdì sera andrò a far baldoria e mangerò qualche patatina fritta...

Hummmmmmmmm...

26 ottobre

Mi sono divertita al cinema con Scott. Dopo lo spettacolo siamo andati al bar e mi sono mangiata sei meravigliose, deliziose, appetitose, gustose, divine patatine fritte. Questa sí che è vita. Non provo per Scott quello che sentivo per Roger. Credo che quello sia stato il mio unico, il mio solo amore, ma sono contenta che sia finito. Pensa: sono al primo anno delle superiori, ho appena compiuto quindici anni e l'unico e il solo grande amore della mia vita è finito. In un certo senso sembra quasi tragico. Forse un giorno quando andremo tutti e due all'università ci incontreremo ancora. Lo spero. Lo spero veramente.

L'estate scorsa a quella festa da sbadigli da Marion Hill qualcuno portò una copia di "Playboy" in cui c'era la storia di una ragazza che va a letto per la prima volta con un ragazzo. Io non ho fatto altro che pensare a Roger. Non voglio far all'amore con nessun altro ragazzo al mondo, mai, mai... giuro che morirò vergine se non lo faccio con Roger. Solo l'idea che un altro ragazzo qualsiasi mi tocchi mi è insopportabile. Non sono neanche sicura di voler Roger. Forse tra un po' di tempo, quando sarò piú grande, cambierò idea. La mamma dice che quando le ragazze crescono, gli ormoni invadono il loro sangue accrescendo i loro desideri sessuali. Mi sa che il mio sviluppo è lento. Ho sentito delle storielle davvero folli su alcuni dei ragazzi a scuola, ma io non sono loro, io sono io, e poi il sesso sembra cosí strano, cosí scomodo e cosí goffo.

Continuo a pensare alla nostra professoressa di ginnastica che, quando facciamo danza moderna, continua a dirci che questo esercizio darà forza e salute al nostro fisico per quando avremo dei bambini. E poi non si stanca di ripetere che tutto deve venir fatto con grazia ed eleganza. Mi è difficile immaginare che si possa fare all'amore o avere un bambino con grazia.

Devo andare. Ciao, a presto.

10 novembre

Oh, caro diario mi dispiace d'averti trascurato ma ho avuto molto da fare. Qui ci stiamo già preparando per il Giorno del Ringraziamento e poi per Natale. La scorsa settimana abbiamo venduto la nostra casa ai signori Dulburrows che hanno sette bambini. Avrei preferito che la casa fosse andata a qualcuno con una famiglia meno numerosa. Sto male al pensiero di quei sei ragazzi che corrono su e giú per la nostra bellissima scala d'ingresso, che sporcano le pareti di casa con le loro dita sudice e appiccicose e che insozzano coi loro piedi sporchi la bianca moquette della mamma. Sai, quando penso a cose di questo tipo, all'improvviso non voglio andarmene piú. Mi vien paura! Ho vissuto in questa stanza per tutti i miei quindici anni, tutti i miei 5.530 giorni. Ho riso, pianto, gemuto e brontolato in questa stanza. Ho amato persone e cose e le ho odiate. Ha rappresentato molto per la mia vita e per me. Quando saremo circondati da altre pareti, saremo sempre gli stessi? non avremo forse altri pensieri ed emozioni diverse? Oh, mamma, papà, forse stiamo facendo un errore, forse lasceremo indietro troppo di noi!

Caro, preziosissimo diario mio, ti sto battezzando con le mie lacrime. So che dobbiamo andar via e che un giorno dovrò abbandonare la casa di mio padre e di mia madre per andare in una casa tutta mia. Ma ti prenderò sempre con me.

30 novembre

Caro diario,

mi spiace di non aver parlato con te nel Giorno del Ringraziamento. È stato molto bello. Il nonno e la nonna sono stati qui per due giorni, abbiamo parlato dei vecchi tempi oziando in soggiorno. Papà non è neppure andato in ufficio. La nonna ha fatto delle caramelle insieme a noi, come era solita fare quando eravamo piccoli. Anche papà ne ha fatte alcune. Abbiamo tutti riso un sacco. Una caramella è finita nei capelli di Alex, un'altra ha appiccicato insieme i denti falsi del nonno e noi ci siamo fatti delle matte risate. Ai nonni spiace molto che noi ci trasferiamo cosí lontano da loro, e spiace anche a noi. La casa non sarà piú la stessa quando il nonno e la nonna non passeranno piú a fare una capatina. Spero davvero che papà abbia fatto bene a trasferirsi.

4 dicembre

Caro diario,

la mamma non vuol piú che io stia a dieta. Detto tra noi, non so perché si sia intromessa dato che non si tratta di qualcosa che la riguardi. È vero che ho avuto il raffreddore per le ultime due settimane ma non so se è stata la dieta a provocarlo. Come fa la mamma ad essere cosí stupida e irrazionale? Stamattina stavo prendendo la mia solita metà di un pompelmo per colazione quando mi ha obbligato a mangiare un'intera fetta di pane integrale, un uovo strapazzato e un pezzo di pancetta. Saranno almeno 400 calorie, forse anche cinque o seicento. Non so perché non mi lasci vivere la mia vita. Non le piaccio quando assomiglio ad una mucca, non piaccio a nessuno, neppure a me stessa. Ma posso forse infilarmi un dito in gola dopo ogni pasto e vomitare? Dice che dovrò anche ricominciare a cenare, proprio adesso che sono quasi arrivata al livello di peso che mi ero prefissa e che ho smesso di dover lottare contro gli spasimi della fame. Ah, i genitori sono un vero problema! Questo è qualcosa di cui tu non devi preoccuparti, diario mio, devi pensare solo a me. Immagino che ciò non rappresenti una grande fortuna perché con me non fai un gran affare.

10 dicembre

Quando ti ho comprato, diario, mi ero prefissa di scriverti religiosamente ogni giorno ma ci sono dei giorni in cui non accade niente di cui valga la pena scrivere e altri in cui o sono troppo annoiata, o troppo scocciata, o troppo arrabbiata, o troppo impegnata o semplicemente troppo me stessa per far qualcosa a cui nessuno mi obbliga. Penso di essere un amico ben cattivo, anche per te. Ad ogni modo mi sento molto piú legata a te che a Debbie, Marie e Sharon, che sono le mie migliori amiche. Non mi sento veramente me stessa neppure con loro. Alle volte mi sento come qualcuno che cerca di adattarsi, di dire e di fare le cose giuste, di essere al posto giusto e di vestirsi come si vestono gli altri. Altre volte penso che ognuno di noi cerchi di essere un'ombra di tutti gli altri, comprando gli stess dischi e tutto il resto, anche se non ci va. I ragazz assomigliano a dei robot usciti da una catena di mon taggio e io non voglio essere un robot.

14 dicembre

Ho appena comprato una bellissima spilla ornata da una perla come regalo di Natale per la mamma. Mi costa nove dollari e cinquanta centesimi, ma li vale. È una perla coltivata, il che significa che è autentica. Assomiglia alla mamma. È calda e lucente, ma robusta e ben applicata e cosí non andrà saltando per la casa. Oh spero le piaccia! Desidero tanto che le piaccia e in particolare che io le piaccia. Non so ancora cosa comprare per Tim e per papà, ma non è difficile fargli dei regali. Mi piacerebbe comprare un portamatite d'oro o qualcosa che papà possa mettere sulla sua grande e nuova scrivania nel suo nuovo e grande ufficio. Cosí lui mi penserà ogni volta che lo guarderà, anche nel bel mezzo di una riunione tremendamente importante con tutti i cervelloni di questo mondo. Ma, al solito, non posso permettermi che una frazione delle cose che desidero.

17 dicembre

Ci sarà una festa a casa di Lucy Martin in occasione del Natale e mi è stato chiesto di portare un dolce di gelatina. Dovrebbe essere una festa molto divertente (almeno spero che lo sia). Io mi sono fatta un vestito nuovo di soffice lana bianca. La mamma mi ha aiutato. L'abito è davvero bello. Un giorno spero d'essere capace di cucire bene come lei. Mi domando se, quando aveva la mia età, lei si preoccupasse tanto di non essere ammirata dai ragazzi e di essere considerata dalle ragazze amica solo a metà. Mi chiedo anche se a quei tempi i ragazzi fossero tanto fissati per il sesso come adesso. Quando noi ragazze parliamo dei nostri appuntamenti amorosi sembra che la maggior parte dei ragazzi siano proprio cosí. Nessuna delle mie amiche è mai andata fino in fondo ma credo che siano moltissime le ragazze a scuola che lo fanno. Sarei molto felice di poter parlare di queste cose con la mamma perché non credo che siano molti i ragazzi che sanno quello che dicono, o almeno non riesco a credere a tutte le loro storie.

22 dicembre

La festa dai Martin è stata divertente. Dick Hill mi ha riportato a casa. Aveva la macchina di suo padre e cosí siamo andati in giro per la città a vedere le decorazioni luminose, cantando canzoni natalizie. Può sembrare sdolcinato ma in realtà non lo è stato. Quando siamo giunti a casa mia, mi ha dato il bacio della buona notte e tutto è finito lí. Io mi sono innervosita perché non so se gli piaccio, o se mi rispetta soltanto, o che cosa. Immagino di non essere proprio capace di sentirmi sicura di me qualunque cosa mi accada. Alle volte desidererei proprio uscire con un ragazzo e cosí saprei d'aver avuto un vero appuntamento e avrei qualcuno con cui poter parlare, ma i miei genitori non mi credono, e poi, in confidenza, nessuno si è mai veramente interessato a me. Talvolta penso che non ci sarà mai nessuno. I ragazzi mi piacciono proprio molto, alle volte penso che mi piacciano troppo, ma non godo di molta popolarità. Mi piacerebbe essere ammirata, bella, ricca e piena di talento. Non sarebbe bello essere cosí?

25 dicembre

È Natale! Magnifico, meraviglioso, felice e santo Natale! Son cosí felice che riesco a malapena a frenarmi. Ho ricevuto alcuni libri, qualche disco, una gonna che mi piace moltissimo e un mucchio di regalini. La mamma ha apprezzato moltissimo la mia spilla. È vero! Se l'è subito appuntata alla vestaglia e l'ha portata per tutto il giorno. Oh, sono felice che le sia piaciuta! Il nonno e la nonna sono stati qui e anche lo zio Arthur e la zia Jeannie coi loro bambini. È stato bellissimo. Penso che Natale sia il piú bel periodo dell'anno. Ognuno si sente circondato d'affetto e di sicurezza. Ognuno si sente importante e desiderato. (Anch'io). Mi piacerebbe che fosse sempre cosí. Mi è spiaciuto moltissimo che una giornata come oggi sia giunta alla fine. Non solo perché è stata una giornata cosí bella ma anche perché questa sarà l'ultima festività importante che trascorreremo in questa casa.

Addio casa adorata rivestita dei tuoi ornamenti festivi fatti di orpelli, di agrifoglio e di luci molticolori e rilucenti. Ti amo! Mi mancherai!

1° gennaio

Ieri sera sono andata alla festa di Capodanno in casa di Scott. I ragazzi si sono scatenati. Alcuni di loro erano un po' gasati. Io sono tornata a casa presto con la scusa di non sentirmi bene, ma in effetti sono tanto eccitata all'idea di traslocare tra due giorni, da esser fuori di me. Sono sicura che non riuscirò a chiudere occhio per le prossime due notti. Ma immagina: traslocare in una casa nuova, in una città nuova, in una contea nuova, in uno stato nuovo, tutto insieme. Almeno papà e mamma conoscono alcuni insegnanti ed hanno una certa dimestichezza, sia pure superficiale, con la casa nuova. Io l'ho vista in fotografia ma a me sembra ancora una casa estranea, enorme, fredda e un po' sinistra. Voglio sperare che ci piaccia e che possa andarci bene.

Ad essere sincera (non oserei dirlo a nessuno all'infuori di te, diario), non sono troppo sicura di riuscire a vivere in una città nuova. Ce l'ho fatta appena nella mia vecchia città dove conoscevo tutti e tutti mi conoscevano. Fino ad ora non mi sono mai concessa il lusso di pensarci ma non ho proprio molto da dare in una situazione nuova. Oh Dio mio, aiutami ad adattarmi, aiutami a farmi accettare, a farmi sentire parte di questo nuovo posto, fai ch'io non diventi un rottame della società ed un peso per la mia famiglia! Ecco qua che mi rimetto a piangere, scema che sono, ma non posso farci niente proprio come non posso evitare il nostro trasferimento. Eccoti ancora una volta bagnato! È davvero una fortuna che i diari non possano prendere il raffreddore.

4 gennaio

Eccoci arrivati! Il quattro di gennaio è appena giunto, visto che è l'una e dieci. Tim e Alex hanno litigato e la mamma o ha il mal di pancia o è semplicemente turbata per via della eccitazione; ad ogni buon conto, papà ha dovuto fermarsi due volte per consentirle di vomitare. Ci dev'essere stato un errore e cosí la luce non è stata ancora connessa. Penso proprio che persino papà sia ormai pronto a virar di bordo per tornare indietro. La mamma aveva fatto una pianta dove aveva segnato i punti in cui voleva che i facchini mettessero le nostre cose, ma loro hanno fatto solo una gran confusione. E cosí non possiamo far altro che avvilupparci in coperte e lenzuola e dormire nel primo letto che ci capita. Sono lieta d'aver con me la mia torcia elettrica tascabile, cosí almeno posso vedere quello che scrivo. Detto tra noi, la casa sembra proprio strana e piena di spettri, ma forse mi sembra cosí perché niente è in ordine e non ci sono neppure le tende. Forse domani tutto sembrerà piú bello. È certo che non potrà mai sembrare peggio di cosí.

6 gennaio

Mi spiace di non aver avuto il tempo di scrivere per due giorni, ma non ci siamo fermati un momento. Stiamo ancora cercando di appendere le tende, di aprire le casse e di metter via la roba. La casa è bellissima. Le pareti sono di legno, scuro e spesso, e ci sono due gradini che portano al soggiorno il cui pavimento è piú basso di quello delle altre stanze. Mi sono scusata con ogni stanza per il mio malumore di ieri sera.

È la scuola a preoccuparmi e OGGI devo andarci. Vorrei tanto che Tim andasse alle superiori. Anche un fratello minore sarebbe meglio di niente, ma lui frequenta la seconda media. Tim ha già fatto conoscenza con una ragazza della sua stessa età che vive nella nostra strada e io dovrei esser contenta per lui e invece no, mi spiace per me. Alexandria va ancora alle elementari; uno dei suoi insegnanti vive qui vicino e ha una figlia della sua stessa età. Cosí potrà andare direttamente a casa loro alla fine delle lezioni. Vedi come si può essere fortunati? Amici belli e pronti ed ogni cosa al suo posto. Per me, al solito, niente! Un bel niente, probabilmente quello che merito. Mi domando se i ragazzi di qui indossano le stesse cose di quelli della mia vecchia città. Spero di non essere troppo diversa da loro, altrimenti tutti mi guarderanno. Oh, vorrei tanto avere un'amica! Ma è meglio che mi appiccichi un bel sorriso fasullo, la mamma mi chiama e devo rispondere con un "atteggiamento che dimostri la mia buona volontà."

Uno, due e tre, ecco la martire.

6 gennaio sera

Oh, diario è stato terribile. Era il luogo piú malinconico e freddo del mondo. Neppure un'anima mi ha rivolto la parola per tutto il santo, infinito giorno. Durante l'intervallo per il pranzo sono corsa in infermeria e ho detto d'aver il mal di testa. Poi ho saltato l'ultima ora di lezione e sono andata al *drugstore* dove mi sono fatta un frappé al cioccolato, una doppia porzione di patatine fritte ed una grossa tavoletta di cioccolato. Ci doveva pur essere qualcosa di decente nella vita. Mentre mangiavo mi odiavo per il mio comportamento cosí infantile. Il solo pensiero di quello che mi è accaduto oggi mi fa star male anche perché, con ogni probabilità, devo essermi comportata male con ogni nuovo ragazzo che veniva nella mia vecchia scuola, ignorandolo completamente o osservandolo con curiosità. E cosí mi sto tagliando fuori da sola, me lo merito. Ma quanto soffro! Mi dolgono perfino le unghie delle mani e dei piedi e i follicoli dei capelli.

7 gennaio

La cena di ieri sera è stata una tortura. Alex adora la sua nuova scuola e la sua nuova amica Tricia. Tim ha preso l'autobus della scuola insieme al ragazzo che abita qui vicino ed è andato in tre classi diverse con lui. Ha detto che qui le ragazze sono piú simpatiche di quelle della sua vecchia scuola e che gli si sono fatte tutte intorno. Comunque questo è ciò che accade ogni volta che c'è un ragazzo nuovo a scuola. La mamma è andata ad un tè e ha trovato tutti "incantevoli, belli e piacevoli" (non è bello?). Ebbene, proprio come succede con l'olio e l'acqua, io non riesco ad adattarmi, a inquadrarmi. Di tanto in tanto mi sembra addirittura di guardare la mia famiglia dall'esterno. Ma com'è possibile ch'io sia un tale fallimento dal momento che vengo da un ambiente cosí socievole, amichevole e aperto? Il nonno era in politica ed è sempre stato il candidato preferito della gente. La nonna gli è sempre stata accanto. E allora cosa c'è che non va? Sono forse un gambero? Una disadattata? Un errore!

14 gennaio

È passata una settimana intera e nessuno ha fatto qualcosa di piú che guardarmi con curiosità e con ostilità, quasi volesse dirmi, "Che ci fai tu qui?" Ho cercato di seppellirmi sotto i libri, lo studio e la musica e faccio finta che non me ne importa niente. Credo di fregarmene sul serio e poi che differenza ci sarebbe se invece me ne importasse? Sono aumentata di tre chili: chi se ne frega? La mamma è preoccupata per me, lo so, perché sono diventata cosí tranquilla; ma di che cosa possiamo parlare? Se seguissi la sua regola fissa "Se non puoi parlar bene di qualcosa è meglio che tu stia zitta," non dovrei mai aprir bocca se non per mangiare e questa è un'attività che ho esercitato moltissimo ultimamente!

8 febbraio

Dunque, sono aumentata di quasi sette chili da quando sono qui, la mia faccia è un disastro e i capelli sono cosí appiccicosi e unti che debbo lavarli ogni sera perché sembrino decenti. Papà non è mai a casa e la mamma mi è sempre addosso, "Sii felice, tira su i capelli, sii ottimista, sorridi, mostra un po' di brio, sii amichevole," e se ripeteranno ancora una volta che ho un atteggiamento negativo ed immaturo, soffocherò di certo. Non posso indossare nessuno dei vestiti che ho fatto prima di venire qui e so che Tim si vergogna di me. Quando mi trova coi suoi amici mi tratta come una stupida, mi insulta e fa delle osservazioni sui miei capelli alla hippie. Mi sto proprio stufando di questo posto e della scuola in generale, della mia famiglia e di me in particolare.

18 marzo

Ho finalmente trovato un'amica a scuola! È ottusa e disadattata come me. Credo che il vecchio adagio "Dio li fa e poi li accoppia" sia proprio vero. Una sera Gerta è venuta a prendermi per andare al cinema e i miei sono stati quasi maleducati con lei. Immagina quella sofferta, quella boccuccia d'oro di mia madre stuzzicata all'idea di pronunciare una frase velenosa sulla mia amica cosí scialba e insignificante. Ma perché lei non guarda un po' meglio sua figlia, a sua volta cosí scialba e insignificante? Ma questo sarebbe troppo duro da digerire per la moglie cosí raffinata, sottile ed elegante, del grande Professore che potrebbe anche diventare il Presidente della scuola tra pochi anni.

Me l'immagino benissimo in preda all'imbarazzo, come del resto è capitato a me da quando siamo arrivati in questo buco inespugnabile.

10 aprile

Oh gioia, felicità e esultanza! La mamma mi ha promesso che potrò trascorrere l'estate dai nonni. Incomincio a mettermi a dieta da oggi, da questo preciso istante! Naturalmente lei ha posto una condizione, cosa che del resto fa sempre, e cioè che i miei voti migliorino.

20 aprile

La scuola è quasi finita, ancora due mesi. Non riesco ad aspettare, quasi. Tim è insopportabile e la mamma mi stuzzica continuamente, "Non far questo, non far quello, fai questo, fai quello, perché non lo fai? sai bene che dovresti farlo, ora ti comporti proprio come una bimba immatura." Lo so che mi paragona sempre a Tim e Alexandria e che non riesco ad essere alla loro altezza. Sembra proprio che ogni famiglia debba avere il suo scemo, indovina un po' chi lo è in questa casa? È naturale che ci sia un po' di rivalità tra fratelli e sorelle ma la nostra sta diventando incontrollabile. Amo veramente Tim e Alex ma anche loro hanno un sacco di difetti e perciò mi riesce difficile decidere se li amo piú di quanto non li odio o se li odio piú di quanto non li amo. Lo stesso vale anche per papà e mamma. Ma, in tutta sincerità, tutto questo è piú nel mio carattere.

5 maggio

Ogni professore che ho in questo trimestre è stupido e noioso. Una volta ho letto che bisogna essere fortunati ad avere due professori bravi, che stimolino ed interessino gli allievi, in tutta una vita. Credo di avere avuto i miei due all'asilo ed in prima elementare.

13 maggio

Tornando a casa da scuola ho incontrato un'altra ragazza. Vive a tre isolati da casa nostra e si chiama Beth Baum. È proprio simpatica. Anche lei è piuttosto timida e preferisce i libri alla gente, come me. Suo padre è medico e è lontano da casa tutto il giorno, proprio come il mio; sua madre la scoccia parecchio ma credo che tutte le madri lo facciano. Se non lo facessero, non saprei quale sarebbe l'aspetto delle case, dei giardini e persino del mondo. Oh, spero di non dover essere una madre asfissiante, ma forse dovrà essere cosí, altrimenti non capisco come si potrà ottenere qualche risultato.

19 maggio

Oggi sono andata a casa di Beth dopo la scuola. Hanno una casa bellissima e una domestica che vive con loro. Beth è ebrea. Non ho mai avuto un'amica ebrea e, per qualche ragione, li pensavo diversi. Non so come avrebbero dovuto essere, dato che siamo tutti uomini, ma pensavo che sarebbero stati... be'... piú simili a... al solito non so nemmeno quello che dico.

Beth è veramente coscienziosa e vuole avere dei buoni voti; cosí abbiamo fatto un po' di compiti, poi abbiamo ascoltato qualche disco e bevuto della coca-cola priva di calorie. (Anche lei sta cercando di dimagrire.) Beth mi piace ed è bello avere una vera amica perché, ma che resti tra me e te, non mi sono mai sentita a mio agio con Gerta. Avevo sempre voglia di correggerle degli errori di grammatica e dirle di fare attenzione ai vestiti che indossava e a come si comportava. Penso di assomigliare alla mamma piú di quanto non creda. Ma non si può dire che sia una snob, non lo sono proprio. Ma l'amicizia autentica non si può basare sulla simpatia o sulla necessità di aggrapparsi a qualcuno solo per evitare di affogare. Va basata invece su preferenze e capacità simili e, sí è vero, anche sull'appartenenza allo stesso ceto. Ammappelo! Oggi la mamma sarebbe fiera del mio modo di pensare e del mio atteggiamento..Peccato che non possiamo piú comunicare tra di noi. Ricordo che da piccola riuscivo a parlarle, ma ora sembra che noi si parli una lingua diversa e che anche il significato delle parole che usiamo sia differente. Lei ha in mente una cosa e io ne capisco un'altra, lei dice qualcosa e io penso che voglia correggermi, o migliorarmi, o farmi la predica; ho il fondato sospetto che lei non abbia nessuna di queste intenzioni, ma che brancoli e abbia le mie stesse difficoltà di "linguaggio." È la vita, credo.

22 maggio

Oggi Beth è venuta a studiare a casa mia. A papà, alla mamma e ai ragazzi lei è piaciuta molto. Le hanno persino chiesto di telefonare a casa per avere il permesso di restare a cena. Poi la mamma ci porterà in centro a far compere dal momento che è giovedí sera e che tutti i negozi sono aperti. Sono andata a cambiarmi in tutta fretta imitata da Beth che è corsa a casa a prendere qualcosa. Passeremo a prenderla andando in centro, ma prima mi sono voluta fermare un momento per buttar giú in fretta due righe a proposito di questa cosa meravigliosa. È troppo meravigliosa, deliziosa, splendida perché possa tenerla per me.

24 maggio

Beth è un'amica meravigliosa. Credo proprio che lei sia la sola "miglior amica" che io abbia avuto da quando ero piccola. Possiamo parlare di tutto. Parliamo moltissimo persino di religione. La fede ebreo-giudaica è molto diversa dalla nostra. Loro vanno alla funzione di sabato e attendono ancora l'arrivo di Cristo o del Messia. Beth ama moltissimo i suoi nonni e desidera farmeli conoscere. Mi ha detto che sono ortodossi e che perciò usano un servizio di piatti per mangiare la carne e un altro, diverso, per gli alimenti derivati dal latte. Mi piacerebbe conoscere meglio la mia religione per poterne parlare con Beth.

3 giugno

Oggi io e Beth abbiamo parlato del sesso. Sua nonna le ha detto che quando un ragazzo e una ragazza ebrei stanno per sposarsi, se qualcuno dice che la ragazza non è vergine, ed è vero, il giovane non è obbligato a sposarla. Noi ci siamo chieste come sia possibile dimostrarlo, poiché nessuna delle due lo sa realmente. Lei ha detto che preferirebbe chiederlo alla nonna piuttosto che alla madre, ma io preferirei parlarne con mia madre se dovessi chiederlo a qualcuno. Naturalmente non lo farò. E poi mia madre non sa niente delle tradizioni ebraiche.

Beth ha degli incubi: quello di camminare nella corsia tra i banchi in chiesa, con addosso un bellissimo abito bianco, alla presenza di centinaia di persone venute al suo matrimonio. Qualcuno sussurra al rabbino che lei non è piú vergine e cosí lo sposo se ne va abbandonandola. Non posso biasimarla; anch'io proverei la stessa cosa. Un giorno o l'altro, quando troverà il coraggio per farlo, Beth ne parlerà a sua nonna o con qualcun altro. Spero che poi me ne parli perché anch'io voglio sapere.

10 giugno

Caro diario,
la scuola finirà presto ed ora non desidero piú che finisca. Beth e io ci stiamo divertendo molto. Nessuna delle due ha un gran successo coi ragazzi, ma talvolta lei deve uscire coi figli degli amici ebrei di sua madre. Lei dice che in genere si annoia a morte e che i ragazzi non l'apprezzano piú di quanto lei apprezzi loro; ma le famiglie ebree sono fatte cosí, vogliono che i loro ragazzi si sposino tra di loro. Una di queste sere Beth mi procurerà un appuntamento a sorpresa con un "bravo ragazzo ebreo," per citare sua madre. Beth dice che gli piacerò moltissimo perché non sono ebrea e perciò gli sembrerà di imporsi a sua madre. Ho già voglia di farlo.

13 giugno

Hurrah! la scuola è finita! Ma mi sento anche un po' triste.

15 giugno

Beth mi ha procurato un appuntamento con un ragazzo che si chiama Sammy Green. Lui è stato incredibilmente gentile ed educato con i miei genitori e perciò a loro è piaciuto ma, una volta in macchina, ha cominciato ad allungare le mani. I genitori sono proprio dei pessimi giudici del carattere della gente. Talvolta mi chiedo come abbiano fatto ad arrivare all'età che hanno. Ad ogni modo tutta la serata è stata proprio stupida. Sam non mi ha neppure lasciato guardare il film in pace. Inoltre il film era cosí sporco che io e Beth siamo rimaste nella toilette a lungo dopo che era finito. Noi ci vergognavamo troppo per uscire dalla toilette, ma, visto che non potevamo trascorrer lí la notte, alla fine abbiamo fatto un ingresso trionfale nella hall fingendo che non fosse successo nulla. I ragazzi hanno cercato di discutere il film con noi ma noi abbiamo ignorato loro e anche il film.

18 giugno

Oggi ho ricevuto la tremenda notizia che Beth dovrà andare al campo estivo per sei settimane. I suoi vanno in Europa e perciò hanno predisposto che lei vada in un campeggio per soli ebrei. Sono disperata e lo è anche lei. Abbiamo parlato coi rispettivi genitori ma è stato come parlare al vento. Non ci sentono e non ci ascoltano neppure. Penso che andrò a trascorrere l'estate dai nonni come mi ero proposta tempo fa, ma anche questo non m'interessa piú molto.

23 giugno

Io e Beth abbiamo solo due giorni da passare insieme. La nostra separazione assomiglia un po' all'attesa della morte. Mi sembra proprio di averla sempre conosciuta perché mi comprende. Devo ammettere che ci sono stati dei momenti, quando sua madre le procurava degli appuntamenti, in cui ero perfino gelosa dei ragazzi. Speriamo che non ci sia niente di strano nel fatto che una ragazza provi tali cose per un'altra ragazza. Oh, spero di no. È possibile ch'io sia innamorata di lei? Oh, è troppo anche per quella scema che sono io. Piú semplicemente lei è l'amica piú cara che abbia mai avuto, o che avrò.

25 giugno

È finita! Beth parte a mezzogiorno. Ieri sera ci siamo dette addio, abbiamo pianto e ci siamo abbracciate forte forte come bimbe impaurite. Beth si sente sola, proprio come me. Sua madre le urla dietro dicendole che si comporta come una bambina stupida. Almeno mio padre e mia madre sono comprensivi e sanno che presto sarò molto sola. Infatti la mamma mi ha portato a far compere e mi ha dato il permesso di spendere cinque dollari per una collanina d'oro massiccio col mio nome inciso dentro; papà mi ha detto che potrò fare due intercomunali a Beth. I miei sono stati davvero premurosi e gentili con me. Credo d'esser fortunata.

2 luglio

Caro diario,

sono a casa dei nonni e non mi sono mai annoiata tanto in vita mia. Si dice che l'estate sarà lunga e calda, e l'estate non è ancora veramente arrivata! Penso di impazzire! Ho letto un libro al giorno da quando sono giunta qui e sono già piena di noia fino agli occhi. È sorprendente perché mentre andavo a scuola morivo dalla voglia che arrivassero le vacanze per stare a letto a oziare a piú non posso, per leggere, per guardare la televisione e per far le cose che voglio fare, invece ora mi trovo a còrto di attività. Oh, pura agonia. Sharon si è trasferita, Debbie esce con un ragazzo e Marie è in vacanza coi suoi. Sono qui da soli cinque giorni ma dovrò far forza su me stessa per restare qui almeno una settimana prima di chiedere di tornare a casa. Gliela farò a non impazzire?

7 luglio

Oggi è accaduta una cosa molto strana, o meglio spero che accada. Oh sí, sí, sí! Io e la nonna eravamo in centro per comprare un regalo per il compleanno di Alex e, mentre eravamo in un grande magazzino, Jill Peters è entrata. Mi ha salutato e cosí ci siamo fermate a parlare. Non l'avevo vista da quando ci eravamo trasferiti e in effetti non ero mai stata del suo gruppo, piuttosto "su." Ad ogni modo lei ha detto di voler andare all'università di papà quando si diploma e ha aggiunto di non veder l'ora di lasciare questo paese per trasferirsi dove c'è un po' di movimento. Ho cercato di fingere che dove viviamo le cose sono piuttosto sofisticate e allegre ma in effetti non ho notato un'eccessiva differenza tra i due posti. Penso comunque di aver inventato una storiella piuttosto buona perché lei ha detto che domani sera ci saranno un po' di ragazzi a casa sua e che mi telefonerà. Oh, spero lo faccia!

8 luglio

Oh, diario, sono cosí contenta che mi metterei a piangere. È vero! Jill ha telefonato esattamente alle 10 e 32. Lo so perché sono rimasta seduta accanto al telefono coll'orologio in mano cercando di mandarle il mio fluido. Un gruppo di ragazzi andrà a casa sua per una festa. Per fortuna ho portato il mio annuario scolastico. Non è uguale al loro e cosí se nel loro annuario non c'è la mia foto è anche vero che nel mio non ci sono le loro. Indosserò il mio nuovo completo pantalone bianco. Adesso devo andare a lavare i capelli e a metterli in piega. Sono diventati davvero lunghi ma se li metto in piega utilizzando per bigodini delle lattine di succo d'arancia, posso fare in modo che abbiano la consistenza giusta e un bel ricciolo in fondo. Spero che ci siano lattine sufficienti a casa: dobbiamo averle! Dobbiamo semplicemente averle.

10 luglio

Caro diario,

non so se dovrei vergognarmi o esaltarmi. So soltanto che la notte scorsa ho avuto la piú incredibile esperienza della mia vita. Sembra qualcosa di morboso mentre scrivo ma in effetti è stato grande, meraviglioso, miracoloso.

I ragazzi a casa di Jill erano cosí amichevoli, rilassati e a loro agio che mi sono subito trovata bene con loro. Sono stata accettata come se avessi fatto sempre parte del loro gruppo e tutti sembravano felici e sereni. L'atmosfera mi ha esaltato. Era veramente splendida. Ad ogni modo, poco dopo essere arrivati, Jill e uno dei ragazzi portarono un vassoio con dei bicchieri di coca-cola. Immediatamente i ragazzi si adagiarono a terra su dei cuscini o si rannicchiarono sul divano e sulle sedie.

Jill mi strizzò l'occhio dicendomi "Questa sera giochiamo al 'Bottone, bottone, chi ha il bottone?' Sai, il gioco che facevamo da bambini." Bill Thompson, che era allungato vicino a me, scoppiò a ridere. "È un vero peccato che adesso qualcuno dovrà fare da baby-sitter."

Alzai gli occhi verso di lui, sorridendo. Non volevo fare la parte della stupida.

Ognuno sorseggiò lentamente la sua bibita. Sembravano scrutarsi a vicenda. Io non staccai gli occhi da Jill pensando che avrei dovuto fare tutto ciò che faceva lei.

All'improvviso provai qualcosa di strano dentro di me, qualcosa di simile ad un uragano. Ricordo che avevamo messo su tre dischi da quando avevamo bevuto la coca-cola e ora tutti mi guardavano. Le palme delle mani cominciavano a bagnarsi e sentivo gocce di sudore che scendevano lungo la schiena. La stanza sembrava stranamente quieta e, quando Jill si alzò per chiudere completamente le persiane, pensai: "Stanno cercando di avvelenarmi! ma perché, perché dovrebbero farlo?"

Ogni muscolo del mio corpo era teso, e uno strano senso di apprensione penetrò in me e mi prese alla gola facendomi quasi soffocare. Quando aprii gli occhi, capii che si trattava solo di Bill che mi aveva circondato le spalle con un braccio. "Beata te!" mi disse con una voce simile a quella di un disco suonato alla velocità sbagliata, "Non preoccuparti, ti farò da balia io. Questo sarà un buon viaggio. Suvvia, rilassati, goditelo, goditelo." Mi accarezzò dolcemente il viso e il collo e poi disse: "In tutta sincerità, ti assicuro che farò in modo che non ti accada niente di male." All'improvviso mi sembrò che lui si ripetesse continuamente come un'eco al rallentatore. Scoppiai a ridere violentemente come un'isterica. Questa risata mi colpí perché mi sembrò la cosa piú buffa e assurda che avessi mai udito. Quindi cominciai a notare degli strani disegni sul soffitto che mutavano continuamente. Bill mi tirò giú e io posai la testa sulle sue ginocchia mentre osservavo che i disegni diventavano un turbinio di colori, grandi campi di rossi, di blu e di gialli. Cercai di comunicare questa meraviglia agli altri, ma le mie parole uscivano inzuppate, umide, sgocciolanti e sapevano di colore. Mi sollevai da terra e cominciai a camminare mentre un senso di gelo, appena accennato, andava scivolando per il mio corpo, all'interno e all'esterno. Volevo parlarne a Bill ma non ci riuscivo: non riuscivo a far altro che a ridere.

Subito delle intere serie di pensieri cominciarono ad apparire tra una parola e l'altra. Avevo trovato la lingua perfetta, autentica, originaria, quella usata da Adamo ed Eva, ma quando cercavo di esprimermi, le mie parole avevano ben poco a che vedere col mio pensiero. Ma già la stavo perdendo, scivolava via lontana, irraggiungibile, questa cosa meravigliosa, impagabile e autentica che andava salvata per i posteri. Mi sentivo malissimo, e alla fine non riuscii piú a parlare; mi lasciai andare pesantemente a terra, chiusi gli occhi e la musica cominciò a penetrarmi fisicamente. Potevo annusarla, toccarla, sentirla fisicamente, oltre che ascoltarla. Non avevo mai avuto una sensazione cosí bella. Mi sentivo letteralmente parte di ogni singolo strumento. Ogni nota aveva un carattere, una forma e un colore tutto suo e sembrava separata dalle altre tanto che potevo metterla in relazione con l'intera composizione prima che la nota successiva risuonasse. La mia mente possedeva la sapienza eterna, ma non c'erano parole in grado di descriverla adeguatamente.

Guardai una rivista che si trovava sul tavolo e la vidi in cento dimensioni. Era cosí bella che non potei continuare a guardarla. Chiusi gli occhi. Immediatamente mi trovai a galleggiare in un'altra sfera, in un altro mondo, in un luogo totalmente diverso. Le cose si avvicinavano e si allontanavano da me a velocità vertiginosa, mozzandomi il fiato come se stessi scendendo con un ascensore velocissimo. Non riuscivo a distinguere realtà e irrealtà. Ero io il tavolo, il libro, la musica oppure ero parte di tutte queste cose? Comunque non aveva importanza perché qualunque cosa fossi mi sentivo meravigliosa. Per la prima volta in vita mia, per quel che posso ricordare, mi sentii completamente disinibita. Ballavo di fronte a tutto il gruppo, recitavo, facevo scena e gustavo ogni secondo del mio show.

I miei sensi erano cosí all'erta che potei sentire qualcuno che respirava nella casa accanto. Riuscii anche a sentire il profumo di un dolce di gelatina a strati arancioni, rossi e verdi, che qualcuno preparava lontano dal posto in cui ero.

Dopo un certo periodo di tempo che mi sembrò eterno, cominciai a rientrare a terra, mentre la festa stava finendo. Riuscii a chiedere a Jill che cosa fosse successo e lei mi rispose che dieci delle quattordici bottiglie di coca-cola contenevano LSD e che, "bottone, bottone," nessuno sapeva a chi sarebbero capitate. Che bello! Sono felice di essere stata una dei fortunati!

La casa dei nonni era buia quando tornammo. Jill mi aiutò a raggiungere la mia camera, a togliermi i vestiti e a mettermi a letto. Mi lasciai trasportare in un sonno simile al mal di mare, avvolta in un senso di benessere, a parte un leggero mal di testa dovuto forse alle mie lunghe ed intense risate. Che divertimento! Che meraviglia! Che estasi! Ma non credo di volerlo rifare. Ho sentito storie paurose sulla droga.

Ora che ci ripenso, avrei dovuto capire quel che stava succedendo. Ogni sciocco l'avrebbe capito, ma lí per lí la festa nell'insieme era cosí strana ed eccitante che non ci feci caso, o, forse, non volli farci caso. Avrei avuto una fifa matta se l'avessi saputo. Cosí sono lieta che l'abbiano fatto per me perché cosí posso sentirmi libera, onesta e virtuosa perché non sono stata io a prendere la decisione. E poi tutta questa esperienza è morta e sepolta e non voglio pensarci piú.

13 luglio

Caro diario,

ho cercato di convincermi per due giorni che, dato che ho preso l'LSD, sono diventata una drogata cronica oltre che tutte quelle altre cose, infime, sporche, spregevoli, che si dicono dei ragazzi che prendono l'LSD e tutte le altre droghe; ma io sono cosí super curiosa che non vedo l'ora di provare la marijuana. Una volta sola, lo prometto. Desidero semplicemente vedere se si tratta veramente di tutto quello che si gracchia che sia. Tutto quello che ho sentito dire sull'LSD è stato ovviamente scritto da gente disinformata e ignorante, come i miei genitori che non sanno nemmeno quello che dicono; forse lo stesso vale per la marijuana. Ad ogni modo Jill ha telefonato questa mattina dicendo che andrà a casa di una sua amica per il weekend e che la prima cosa che farà lunedí sarà quella di telefonarmi.

Le ho detto di essermi veramente divertita un sacco e lei mi è sembrata compiaciuta. Sono certa che se le metto la pulce nell'orecchio, farà in modo che io possa provare la marijuana almeno una volta. Poi tornerò immediatamente a casa a dimenticare tutto il mondo della droga. Certo che è bello essere informati e sapere come stanno veramente le cose. È ovvio che non voglio che nessuno sappia che ho davvero provato la droga e quindi sarà meglio che mi procuri una di quelle robuste scatole da pescatori in metallo e che ti ci chiuda dentro con un buon lucchetto. Non posso correre il rischio che qualcuno ti legga, specialmente adesso! In effetti è meglio che ti porti con me perfino in biblioteca dove voglio legger qualcosa sulla droga. Grazie a Dio c'è un catalogo altrimenti non avrei il coraggio di chiedere informazioni. E poi se ci vado adesso che la biblioteca è stata appena aperta, l'avrò probabilmente tutta per me.

14 luglio

Andando alla biblioteca ho incontrato Bill. Stasera mi porta fuori. Non sto piú nella pelle di vedere quello che accadrà. Sto esplorando un mondo completamente nuovo e non riesco neppure ad immaginare le nuove e grandi porte che mi si stanno spalancando. Mi sento come *Alice nel Paese delle Meraviglie*. Forse anche Lewis G. Carroll prendeva la droga.

20 luglio

Caro, caldo, intimo amico diario,

che incredibile, fantastica, istruttiva ed elettrizzante settimana ho passato! È stata proprio, uhuuuu, la piú gran cosa che mi sia accaduta. Ricordi che ti ho detto di aver un appuntamento con Bill? Venerdí mi ha fatto provare un tipo di anfetamine e sabato un altro. Prenderle è come viaggiare su di una stella razzente attraverso la Via Lattea, anzi un milione, un trilione di volte meglio. All'inizio le anfetamine mi hanno fatto un po' paura perché Bill ha dovuto iniettarmele in un braccio. Mi sono ricordata quanto odiavo le iniezioni quando ero all'ospedale, ma questa roba è diversa. Ora non vedo l'ora di riprovarle. Davvero. Non mi meraviglia affatto che le chiamino "razzi"! Riuscivo a controllarmi a malapena, a dir la verità non avrei potuto farlo anche se lo avessi voluto, e infatti non avevo voglia di farlo. Ho danzato come non avrei mai creduto che fosse possibile a una ragazzina timida e introversa come me. Mi sentivo grande, libera, rilassata, un esemplare diverso, migliorato, perfezionato di una razza diversa, migliorata e perfezionata. Che follia! Che meraviglia! Davvero.

23 luglio

Caro diario,

il nonno ha avuto un piccolo infarto ieri sera. Per

fortuna è successo proprio mentre mi stavo preparando ad uscire. Non si tratta di cosa particolarmente grave. La povera nonna è abbastanza fuori di sé ma, almeno in apparenza, cerca di sembrare calma. I nonni non mi hanno scocciata affatto da quando sono qui e sono cosí felici che mi sto divertendo e che ho incontrato un sacco di buoni amici che non m'intralciano minimamente. Tenere anime di filistei. Se solo sapessero quel che mi sta accadendo, si ritroverebbero con le sopracciglia nel mezzo della testa.

L'attacco cardiaco del nonno comporta solo che sarà obbligato a stare a letto per qualche settimana ma dovrò stare attenta a non creare qualche altro problema che li costringa a mandarmi a casa. Forse, se aiuterò un po' di piú in casa, potrebbero persino arrivare a credere di avere bisogno di me.

Spero che al nonno non capiti niente di grave. Lo amo moltissimo. Lo so che un giorno sia lui che la nonna dovranno morire, ma spero che accada solo tra molto, molto tempo. È strano ma, fino ad ora, non ho mai pensato molto alla morte. Suppongo che anch'io, un giorno, dovrò morire. Ma c'è veramente una vita dopo la morte? Oh, spero di sí! Ma la cosa non mi preoccupa molto. Lo so che in effetti le nostre anime ritornano a Dio, ma quando penso ai corpi seppelliti nella terra fredda e umida, mangiati dai vermi, in disfacimento, riesco appena a tollerarne il pensiero. Preferirei esser cremata. Sí, davvero. Lo vorrei proprio. Appena torno a casa voglio domandare a papà, alla mamma e ai ragazzi che mi facciano cremare quando morirò. Lo faranno senz'altro. Sono proprio una famiglia dolce, buona, meravigliosa. Io li amo e sono proprio fortunata ad appartenere a questa famiglia. Devo ricordarmi di scrivergli ancora, oggi stesso. Non gli ho scritto molto spesso e quindi devo, devo assolutamente fare meglio. Penso che gli dirò che voglio tornare a casa, subito! Subitissimo! Voglio allontanarmi da Bill, da Jill e da tutti gli altri. Non so bene per quale motivo non dovrei usare la droga visto che è splendida, meravigliosa ed eccitante ma so che non devo prenderla e la eviterò. Per sempre. Prometto solennemente che d'ora in poi vivrò in modo tale che ogni persona che conosco, compresa me stessa, possa esser fiera di me.

25 luglio

Il nonno sta abbastanza bene. Ho fatto un sacco di cose, da cucinare a fra pulizie, per consentire alla nonna di stare continuamente con lui. Loro lo hanno apprezzato e io apprezzo loro.

ore 6,30

Jill mi ha telefonato per invitarmi ad una festa ma le ho detto d'esser impegnata coi nonni finché le cose non andranno meglio. Sono lieta d'aver avuto una scusa per non andarci.

28 luglio

Papà e mamma hanno telefonato ogni giorno da quando il nonno ha avuto l'infarto. Mi hanno chiesto se volevo tornare a casa. In effetti lo desidero ma sento che è meglio che rimanga qui a dare una mano almeno fino alla prossima settimana.

2 agosto

Mi sto proprio stancando a morte ma almeno do un aiuto morale alla nonna e, dopo tutto quello che lei ha fatto per me e per la mia vita, è il minimo che posso fare. Bill ha telefonato ancora chiedendomi un appuntamento. La nonna insiste perché esca e cosí uscirò con lui anche se mi riservo di far solamente da spettatrice se lui vuol fare un viaggio.

3 agosto

Ieri sera Bill aveva invitato sei ragazzi a casa sua. I suoi erano andati in città e cosí sarebbero tornati a casa solo verso l'una o le due di notte. Loro volevano farsi un bel viaggio con l'acido e, dato che mi sono astenuta per un periodo cosí lungo, ho deciso che anch'io avrei potuto tentare un ultimo viaggetto. Di sicuro non voglio prendere niente di quella roba quando torno a casa. È stato forte, anche meglio delle altre volte. Non riesco a capire come mai ogni viaggio sia migliore di quello precedente, ma è vero. Sono stata seduta per ore a esaminare la bizzarria e lo splendore della mia mano destra. Potevo vedere i muscoli, le cellule e i pori. Ogni vaso sanguigno era una meraviglia in sé e la mente vibra ancora tutta al ricordo di quel miracolo.

6 agosto

Be', la notte scorsa è successo davvero. Non sono piú vergine! In un certo senso mi dispiace perché avevo sempre pensato che Roger avrebbe dovuto essere il primo e il solo ragazzo della mia vita ma lui non c'è, è andato a trovar qualcuno fuori città, e infatti non l'ho visto da quando sono qui. Ad ogni buon conto è possibile che lui sia diventato proprio uno stupidotto, un cretinetti e uno scemo.

Mi chiedo se il sesso senza acido sia cosí eccitante,

meraviglioso e indescrivibile. Avevo sempre pensato che bastasse un minuto, o che sarebbe stato simile ad un accoppiamento tra cani, ma non è stato affatto cosí. A dir la verità, ieri sera mi ci è voluto un sacco di tempo prima di cominciare veramente il viaggio. Sono rimasta seduta in un angolo sentendomi trascurata e, in qualche modo, ostile. Ma poi, all'improvviso, uno scoppio ed eccomi con una gran voglia di ballare follemente e di fare all'amore. Non avevo mai pensato di provare qualcosa del genere per Bill. Avevo pensato a lui come ad una cara e tranquilla persona che si occupava di me quando avevo bisogno di aiuto ma, improvvisamente, non provavo piú alcuna inibizione a tentare di sedurlo anche se in effetti, per quel che lo riguardava, non era necessario tanto impegno da parte mia. A esser sincera non mi sembra ancora vero.

Avevo sempre pensato che la prima volta che avrei fatto all'amore con qualcuno avrebbe dovuto essere una cosa speciale, forse persino dolorosa invece era solo una parte di una realtà brillante, folle, stellare ed eterna. E in effetti non riesco ancora a separare le due cose.

Chissà se tutti questi ragazzi hanno già fatto all'amore? Ma no, la cosa sarebbe semplicemente troppo bestiale e indecente. Chissà se Roger rimarrebbe scosso se solo sapesse? E i miei genitori, Tim, Alex e i nonni? Sarebbero mortificati, certo, ma non piú di quanto lo sia io!

Forse sono persino innamorata di Bill ma in questo momento riesco appena a ricordarmi le sue fattezze. Oh, sono cosí orribilmente confusa e, ... se fossi incinta? Oh come desidererei parlare con qualcuno che sa veramente quel che dice.

Non avevo ancora pensato alla possibilità di essere incinta. Può succedere la prima volta che lo si fa? Se è cosí Bill mi sposerà o penserà solo che sono una sciocchina che lo fa con tutti? È ovvio che non mi sposerà, ha solo quindici anni. Forse dovrò abortire o qualcosa del genere. Non resisterei certo all'idea di lasciare la scuola come... ho fatto l'anno scorso. I ragazzi non hanno fatto altro che parlarne per settimane intere. Oh Dio ti prego, fa che non sia incinta!

Adesso telefono subito alla mamma. Chiederò alla nonna di comprarmi il biglietto dell'aereo e cosí potrò andarmene domani. Odio questo posto cosí corrotto, odio Bill Thompson e tutta la sua ghenga. Non so come ho fatto a impegolarmi con loro ma ne ero compiaciuta e mi sentivo proprio in gamba quando mi hanno accettato. Ora mi sento infelice e me ne vergogno quasi che ciò mi procuri un qualche sollievo.

7 agosto

Mamma e papà pensano che dovrei attendere fino alla prossima settimana prima di tornare a casa. Non ho potuto dirgli di no perché la nonna ha bisogno di me. Ma intanto non voglio rispondere al telefono o uscire di casa.

Piú tardi.

Jill ha telefonato ma ho detto alla nonna di risponderle che non mi sento bene. È piuttosto ovvio, anche alla nonna, che non sto bene. Vivo con dubbi, angustie e timori che non credevo possibili.

9 agosto

Il mondo non gira proprio piú. La mia vita è completamente finita. Dopo cena, mentre io e la nonna sedevamo in giardino, abbiamo sentito qualcuno che bussava al cancello sul retro della casa e, indovina un po' chi, tra tutta la gente del mondo, era venuto a farci visita? Roger con suo padre e sua madre. Erano tornati quel pomeriggio, avevano sentito dire della malattia del nonno e cosí erano venuti a fargli visita.

Ero totalmente confusa. Roger è piú bello, piú mozzafiato che mai e volevo gettarmi tra le sue braccia e gridargli tutto il mio amore. Invece ci siamo dati la mano e poi mi sono affrettata a prendere qualcosa da bere per tutti. Piú tardi, dopo che avevamo chiacchierato tutti assieme, la nonna mi ha mandato a prendere un po' di patatine e la loro salsina: Roger mi ha seguita. Te lo immagini Roger che mi segue? E mi ha anche chiesto di uscir con lui! Avrei voluto morire lí per lí e, piú tardi, quando siamo tornati in giardino, ha cominciato a raccontarmi che sarebbe andato in una scuola militare per un anno e mezzo finché non avrebbe avuto l'età per andare all'università. Ha detto anche che probabilmente si sentirà solo visto che si allontana dalla famiglia per la prima volta. Ha aggiunto che vuol diventare ingegnere aeronautico per trovare delle nuove tecniche di viaggi aerei. Ha delle idee cosí belle! È quasi come leggere Giulio Verne e poi ha tanti progetti per la sua vita, con l'esercito ecc. ecc.

Poi mi ha baciato. È stato proprio come ho sempre sognato da quanto ero all'asilo. Sono stata baciata anche da altri ragazzi, ma non c'è confronto: questo bacio voleva dire tenerezza, gradimento, desiderio, rispetto, ammirazione, affetto, sollecitudine, attaccamento e voglia. È stata la cosa piú bella della mia vita. Ma ora sono qui, seduta, con una gran nausea. Cosa accadrà se verrà a scoprire quel che ho fatto da quando sono venuta qui? Come potrà mai perdonarmi? Come potrà mai capire? E poi, vorrà farlo? Se soltanto fossi cattolica potrei forse sottomettermi a qualche tipo di orribile punizione per espiare le mie colpe. Sono stata allevata con l'idea che Dio può perdonare i peccati della gente, ma come faccio a perdonare me stessa? Come fa Roger a perdonarmi?

Oh, terrori, orrori, tormenti senza fine.

10 agosto

Oggi Roger mi ha telefonato quattro volte ma mi sono rifiutata di parlargli. Il nonno e la nonna vogliono che resti ancora qualche giorno ma *non posso* farlo. Non posso affrontare Roger finché non avrò messo ordine tra i miei pensieri. Oh ma perché mi sono cacciata in questo imbroglio? Pensa: perdere la verginità quattro notti prima di rivedere Roger. Che tremenda ironia! Ma anche senza questa storia, avrebbe capito i viaggi all'acido? Mi avrebbe ancora voluto? Prima me ne sarei fregata, ora no! Ed è troppo tardi.

Devo parlare con qualcuno. Devo trovare qualcuno che conosce i problemi della droga e parlargliene. Forse potrei parlarne con qualcuno all'università di papà. Ma no. Infatti questo qualcuno sarebbe obbligato a dirglielo e allora sarei incastrata. Potrei forse dire che sto preparando una ricerca sulla droga per il professore di scienze o qualcosa del genere, ma non potrò farlo finché non comincio la scuola. Sarà meglio che prenda qualche sonnifero del nonno altrimenti non riuscirò a dormire.

Forse è meglio che ne faccia una provvista. Lui ne ha un sacco, e sono certa che dovrò passare qualche brutta nottata a casa prima di rimettermi a posto. Oh, spero proprio che siano poche.

13 agosto

Non posso far altro che trattenere le lacrime. Mamma e papà mi hanno telefonato per dirmi quanto sono fieri di avermi per figlia. Non ci sono parole che possano esprimere quello che provo.

14 agosto

La nonna mi ha portato all'aeroporto. Lei pensa che io e Roger abbiamo litigato. Ha continuato a ripetermi che tutto si sarebbe aggiustato e che il ruolo della donna è quello di soffrire, di essere paziente, tollerante e comprensiva. Oh se solo sapesse! Mamma, papà, Tim e Alex sono venuti a prendermi e mi hanno detto che sono pallida e smunta. Sono sempre gentili e cari. È bello essere a casa.

Devo dimenticare tutto. Devo pentirmi, perdonare me stessa e ricominciare da capo; dopo tutto ho appena compiuto quindici anni e non posso arrestare la vita e uscirne. E poi da quando penso al nonno morente, non voglio piú morire. Ho paura. Non è forse orrendo ed ironico? Ho paura di vivere e ho paura di morire, proprio come dice quella vecchia canzone negra. Qual era il complesso del suo autore?

16 agosto

La mamma mi sta rimpinzando. Prepara tutti i miei piatti favoriti ma non li gusto tanto. Roger mi ha scritto una lunga lettera per chiedermi se sto bene ma non ho l'energia, la forza o il desiderio di rispondergli. Tutti sono terribilmente preoccupati per me e, in effetti, lo sono anch'io. Non so ancora se sono incinta o no e non lo potrò sapere per altri dieci o dodici giorni. Ah, prego di non esserlo. Continuo a chiedermi come ho fatto ad essere cosí scema e non trovo altra risposta se non quella di esserlo per davvero. Una stupida, sciocca, insensata, folle e ignorante idiota!

17 agosto

Ho preso l'ultimo sonnifero del nonno e sono ridotta uno straccio. Non riesco a dormire, sono del tutto incasinata e la mamma insiste perché vada a farmi vedere dal dottor Langley. Forse lui potrebbe aiutarmi. Tenterò ogni via.

18 agosto

Stamattina sono andata a farmi visitare dal dottor Langley e sono stata brava ad evitare di spiegargli perché non riesco a dormire. Lui mi ha fatto un sacco di domande sul perché non riesco a dormire ma ho continuato a ripetergli di non saperlo. "Non lo so! Non lo so!" Alla fine ha ceduto e mi ha dato le pillole. A dir il vero non ho tanto bisogno di pillole quanto di fuggire. Le pillole sono una fuga meravigliosa. Penso di non poterne piú ma poi prendo una pillola e mi metto ad aspettare che il dolce nulla arrivi. Giunti a questa fase della mia vita il nulla è molto meglio di ogni altra cosa.

20 agosto

Non credo che i sonniferi che mi ha dato il dottor Langley siano forti come quelli che aveva il nonno perché devo prenderne due, qualche volta anche tre. Forse è perché sono cosí nervosa. Ad ogni modo non so quanto potrò andare avanti in queste condizioni: se non succede subito qualcosa mi farò saltare le cervella.

22 agosto

Ho chiesto alla mamma di telefonare al dottor Langley. Gli chiederò di darmi dei tranquillanti. Non posso continuare a dormire tutto il giorno, ma non posso certo andare in giro in queste condizioni. Cosí spero che me li dia. Deve darmeli!

23 agosto

I tranquillanti sono meglio di qualsiasi altra cosa. Oggi pomeriggio ne ho preso uno prima che giungesse il postino con un'altra lettera di Roger. Invece di agitarmi, mi sono messa a sedere e gli ho scritto aprendogli il mio cuore. Non gli ho detto nulla, è ovvio, dei miei viaggi all'acido o alle anfetamine, di Bill, del mio stato potenziale, ma gli ho scritto solo sulle cose importanti che ci riguardano. Ho persino incominciato a chiedermi se non è il caso di "iniziare" Roger, almeno una volta, perché riesca a capire. Potrò farlo? Non potrei forse fargli fare il primo viaggio a sua insaputa com'è successo a me? Magari lo avessi fatto! Mi sembra di essere stata a terra per un sacco di tempo, forse sono i sonniferi o i tranquillanti ma ci sono dei momenti in cui vorrei scoppiare per liberarmi. Mi sa però che questi momenti sono finiti per sempre! Sono confusa! Vorrei poter parlare con qualcuno.

26 agosto

Che giornata meravigliosa, bellissima, felice! Mi sono arrivate le mestruazioni! Non c'è stato niente nella mia vita che mi abbia resa cosí felice. Adesso potrò gettar via sonniferi e tranquillanti ed essere di nuovo me stessa! Oh gioia infinita!

6 settembre

Beth è tornata dal campeggio ma è quasi irriconoscibile. Ha incontrato un certo stupidotto ebreo di cui è diventata grande amica. Staranno insieme continuamente, notte e giorno. Forse sono un po' gelosa perché Roger vive tanto lontano da qui. E poi la scuola è cominciata, Alex e le sue amichette fan tanto chiasso che mi fanno ammattire e la mamma ha ripreso a starmi dietro.

Oggi sono andata in una meravigliosa boutique dove ho trovato un paio di mocassini indiani molto graziosi, una camiciola ornata di frange e un meraviglioso paio di pantaloni. Chris, la ragazza che lavora lí, mi ha fatto vedere come devo fare per stirarmi i capelli (l'ho fatto stasera) ed ora ho delle chiome perfettamente diritte. Meravigliose! meravigliose sí, ma la mamma non le sopporta. Sono scesa a fargliele vedere e mi ha detto che assomiglio a una hippie e che lei, io e papà dobbiamo fare un certo discorsino una di queste sere. Sarei in grado di dirgli un paio di cosettine dato che immagino che il sesso senza droga non è neppure la pallida immagine di quella eterna meraviglia che è quando lo si fa stonati. Ad ogni modo mi sembra di comportarmi sempre peggio e, qualunque cosa faccio, il sistema non l'approva.

7 settembre

Ieri sera siamo giunti allo stadio finale. Mamma e papà hanno fatto scorrere fiumi di lacrime mentre mi dicevano quanto mi amano e anche quanto li preoccupi il mio comportamento da quando sono tornata dai nonni. Non sopportano i miei capelli che vorrebbero arricciati come li hanno le bambine e hanno parlato, parlato, parlato ma mai una volta che siano stati ad ascoltare una sola parola di quello che cercavo di dirgli. In effetti, all'inizio, mentre mi parlavano della loro ansia nei miei confronti, ho provato il desiderio struggente di lasciarmi andare e di raccontargli tutto. Volevo dirglielo! Volevo sapere piú di ogni altra cosa al mondo d'esser compresa ma, naturalmente, hanno continuato a parlare perché non capiscono niente. Ma perché i genitori non ci ascoltano? Perché non ci lasciano parlare invece di ripetere continuamente la stessa lagna, di far la predica, di scocciare, di correggere e di brontolare all'infinito? Non vogliono ascoltare! Il fatto è che non vogliono o non possono ascoltare e noi ragazzi continuiamo a rifugiarci nel solito angolo, soli, abbandonati, frustrati, senza nessuno con cui poter comunicare sul piano fisico o verbale. Comunque mi considero fortunata perché ho Roger, se ce l'ho veramente.

9 settembre

Di male in peggio. Roger andrà di sicuro a quella scuola militare e tornerà a casa solo per Natale, forse neanche allora. Anche suo padre e suo nonno sono andati a quella scuola e cosí, immagino, che sia quasi obbligato a farla anche lui. Ma io ho bisogno che sia qui e non laggiú in quella scuola idiota a marciare per un anno intero. Ora tra me e lui ci sarà di mezzo un continente. Gli ho scritto una lettera di dieci pagine in cui gli dicevo che lo aspetterò anche se recentemente mi ha scritto che desidera che io esca con altri ragazzi e che mi diverta. Ma come è possibile divertirsi in questo buco?

10 settembre

La faccenda di Roger mi ha depressa a tal punto che ho fatto una passeggiata fino alla boutique dove lavora Chris per dare un'occhiata ai vestiti. Mancava poco ai suoi dieci minuti d'intervallo e cosí siamo andate al bar accanto a berci una coca. Le ho detto d'esser molto giú per via di Roger. Ha capito subito. Era bello aver nuovamente qualcuno con cui parlare. Quando siamo tornate in negozio mi ha dato qualcosa di simile ad una caramella rossa dicendomi di mangiarla a casa ascoltando della bella musica. Ha detto: "Questa ti tirerà su proprio come i tranquillanti ti fanno andar giú." E aveva ragione. Ho preso troppi sonniferi e troppi tranquillanti. Non so proprio perché quel cretino di dottore non m'abbia dato qualcosa per farmi sentir meglio invece di farmi prendere della roba che mi ha buttato giú. Mi sono sentita splendidamente per tutto il pomeriggio, era proprio come tornare a vivere. Mi sono lavata i capelli, ho pulito la mia stanza, ho stirato e fatto tutte quelle cose che la mamma mi aveva chiesto di fare, scocciandomi in continuazione, per giorni. L'unico problema è che ormai è notte e non riesco a frenare questa vitalità. Potrei star su a scrivere a Roger ma proprio ieri gli ho mandato una lettera fiume e, se lo facessi, potrebbe pensare che sono un po' matta. Perciò dovrò sprecare un sonnifero di quelli buoni per bloccare l'energia. È la vita.

Ciao.

12 settembre

Papà e mamma ripetono la solita solfa a proposito del mio aspetto. Continuano a dirmi di sapere che sono una brava ragazza ma che ho cominciato ad atteggiarmi a hippie e che perciò sono destinata ad attirare le persone sbagliate. Ma questo succede perché loro sono talmente ultraconservatori da non saper neppure quello che succede. Chris ed io abbiamo parlato un sacco a proposito dei nostri genitori e del sistema. Suo padre è un dirigente di una ditta di prodotti alimentari e viaggia moltissimo, "spesso in compagnia di altre donne," mi ha confidato Chris. Sua madre è una donna talmente ligia al suo circolo e interessata alla vita pubblica cittadina che, qualora riservasse una sera per parlare a sua figlia, tutta la città crollerebbe. "In questa città la mamma è il *pilastro della società,*" Chris mi ha detto. "Lei sostiene tutto e tutti tranne me e, cara mia, io sono stata piuttosto tenuta in disparte."

Chris non avrebbe bisogno di lavorare ma non riesce proprio a sopportare l'atmosfera di casa sua. Le ho detto che cominciavo a provare le stesse reazioni per casa mia e perciò tenterà di trovarmi un posto dove lavora lei. Non è fantastico?

13 settembre

Stupendo! Questa è vita! Ho un lavoro. Chris ne ha parlato al suo capo ieri sera e lui ha detto di sí. Non è fantastico? Lavorerò con Chris il giovedí e il venerdí sera e, tutto il giorno, il sabato. Cosí potrò comprarmi tutto ciò che il mio non conformista cuoricino desidera. Chris ha un anno piú di me ed a scuola è un anno avanti a me. È proprio una ragazza straordinaria, la amo e riesco a comunicare con lei meglio che con ogni altra persona che conosco, compresa Beth. È probabile che abbia una certa conoscenza di droghe perché mi ha dato un paio di quelle famose caramelle quando ero veramente giú. Uno di questi giorni voglio parlarle di queste cose.

21 settembre

Caro amico diario,

mi spiace di averti trascurato ma sono stata molto impegnata dal lavoro, dalla scuola appena cominciata e da tutto il resto. Tu sei ancora il mio miglior amico e il mio piú stretto confidente anche se sono proprio ben sintonizzata con Chris. Non ci stanchiamo mai di stare insieme e noi due siamo tra le ragazze piú popolari della scuola. So di essere in gran forma, sono riuscita a fermarmi a cinquanta chili e, ogni volta che ho fame o mi sento stanca, butto giú una pasticca di benzedrina. Abbiamo vitalità ed energia da vendere e anche un sacco di vestiti. I miei capelli sono fantastici. Li lavo con la maionese e sono cosí soffici e lucenti da far voltare tutti.

Non ho ancora incontrato nessun ragazzo che mi piaccia sul serio ma non me ne preoccupo visto che aspetto Roger.

23 settembre

Diario,

non ci sono dubbi che i miei genitori mi faranno dar fuori da matti. Devo prendere la benzedrina per tirarmi su a scuola, sul lavoro, quando ho i miei appuntamenti, e per fare i compiti e poi sono costretta a buttar giú dei tranquillanti per sopportare i miei. Papà crede che io stia rovinando la sua immagine di decano dell'università. Ieri sera, a tavola, mi ha urlato contro perché gli avevo detto "amico." Lui ha le *sue* parole quando vuole sottolineare un'idea, e fin qui niente di male, ma fa che io dica "amico," per le stesse ragioni ed è come aver commesso un peccato imperdonabile.

Io e Chris siamo pronte per prendere il largo. Lei

ha un'amica a San Francisco che potrebbe aiutarci a trovar lavoro e, visto che tutte e due abbiamo lavorato in una boutique, la cosa non dovrebbe essere troppo difficile. E poi i suoi genitori sono quasi pronti per divorziare. Quando sono insieme non fanno altro che litigare e lei è stufa. Almeno io non ho da sopportare niente del genere.

Anche Roger dice di aver troppo da fare per scrivermi a lungo: tutte storie. Per dirla con Chris "il sangue di un uomo si raffredda subito quando non ha nessuno vicino a riscaldarglielo."

26 settembre

La scorsa notte è stata "la notte." Finalmente ho fumato della "merda" ed è stata meglio di quel che pensavo. Ieri sera, dopo il lavoro, Chris mi ha procurato un appuntamento con un suo amico universitario che sapeva che avevo preso l'acido, ecc. e che voleva iniziarmi anche all'hashish.

Mi ha detto che non dovevo aspettarmi di avere le stesse sensazioni date dall'alcool e gli ho risposto di non aver mai bevuto niente altro che spumante alle feste di compleanno e qualche rimasuglio di quelle dei grandi. Alle mie parole tutti sono scoppiati a ridere e Ted, l'accompagnatore di Chris, ha detto che molti ragazzi non bevono mai liquori non solo perché quello è il viaggio dei loro genitori ma anche perché sono molto piú difficili da procurare della "merda." Ted ha detto che, quando ha incominciato a sperimentare, ha scoperto di poter rubar soldi ai suoi genitori senza pericolo d'esser scoperto ma se solo provava a farsi un sorso da una delle loro bottiglie di liquore era come se le avessero misurate al millimetro.

Poi Richie mi ha fatto vedere come si fuma. Io non ho mai fumato neppure una sigaretta di... tabacco.

Lui mi ha aiutato ad orientarmi dicendomi, per esempio, di stare attenta ai piú piccoli rumori che in condizioni normali non si sentono e di rilassarmi. Da principio ho inspirato troppo forte e per poco soffocavo, cosí Richie mi ha detto di inghiottire il fumo quasi a bocca aperta in modo da mescolare quanta piú aria potevo. Ma anche cosí le cose non andavano bene e dopo un po' Ted si è arreso e ha tirato fuori un narghilé. Sembrava buffo e esotico; all'inizio non riuscivo a far venir fuori il fumo. Mi sentivo ingannata proprio perché gli altri tre erano chiaramente stonati. Ma alla fine l'hashish ha cominciato a far effetto, proprio quando pensavo che non avrebbe funzionato e mi sono sentita libera e felice come un'uccellino che cinguetta nei cieli aperti e infiniti. Mi sentivo cosí rilassata! Non credo di esserlo mai stata altrettanto in tutta la mia vita! Era proprio meraviglioso. Piú tardi Rich ha portato dalla sua stanza un tappeto di pelle di pecora e abbiamo incominciato a camminare su quel manto compatto. Provavo una sensazione indescrivibile, una morbidezza che mi avvolgeva tutta e, all'improvviso, riuscii ad udire il suono, strano, quasi impercettibile, dei lunghi peli setosi che si strofinavano l'uno con l'altro e sui miei piedi. Si trattava di un suono diverso da ogni altro che io abbia mai sentito e ricordo il mio disperato tentativo di dissertare sul fenomeno di ogni singolo pelo con un timbro diverso. Ma è ovvio che non potessi riuscirci; era troppo perfetto.

Poi ho mangiato una nocciolina salata notando che niente in vita mia mi era sembrato cosí salato. Avevo la sensazione di essere ritornata bambina quando cercavo di nuotare nel Grande Lago Salato. Solo che la nocciolina mi sembrava ancor piú salata del lago. Il fegato, la milza e l'intestino erano corrosi dal sale. Avevo un gran desiderio di assaggiare una pesca fresca o una fragola e di farmi consumare dalla loro fragranza, dolcezza e piacevolezza. Era una cosa meravigliosa e sono scoppiata a ridere in modo del tutto folle. Ero estasiata d'esser cosí diversa dal solito. Ogni persona del mondo era pazza tranne me. Ero io l'unico essere perfettamente equilibrato. Mi ricordai di aver letto in qualche angolo del cervello che mille anni con un uomo valgono un giorno col Signore e avevo trovato la risposta. Mi trovavo a vivere in quel momento secondo una mia nuova dimensione temporale, vivendo, nello spazio di poche ore, la vita di mille uomini.

Piú tardi ci è venuta una gran sete e morivamo dalla voglia di mangiare qualcosa di dolce. Cosí, abbiamo camminato fino dal gelataio, parlando scherzosamente dei marciapiedi, cosí incredibilmente alti, e della luna col suo aspetto straordinariamente bizzarro che mutava continuamente di forma e di colore. Non so se eravamo tutti "fatti" come dicevamo d'essere ma ci divertivamo moltissimo. Dal gelataio abbiamo riso e scherzato come se il mondo intero, con tutti i suoi segreti, appartenesse a noi soli. Quando, verso mezzanotte, Richie mi ha riaccompagnato a casa i miei genitori (entrambi ancora in piedi) mi sono sembrati molto soddisfatti di vedermi con un giovane cosí bello, compito e ordinato con cui ero uscita. Non si sono neppure lamentati che era tardi. Non è incredibile?

P.S. Richie mi ha dato degli spinelli perché li fumi quando sono sola e voglio sentirmi in paradiso. Non è bello, bello, bellissimo?

5 ottobre

Io e Chris pensiamo di lasciare il lavoro perché sta prendendo una piega tale che non abbiamo tempo di fare quello che *noi* desideriamo.

Mi sono innamorata cotta di Richie e Chris di Ted, cosí vogliamo stare con loro piú che possiamo. Il problema è che nessuno di noi due ha soldi abbastanza, cosí io e Chris abbiamo dovuto cominciare a vendere un po' di "merda." Naturalmente la vendiamo solo a quei ragazzi che ne fumano un sacco e che la comprerebbero da qualcun altro se non gliela dessimo noi.

Ted e Richie vanno all'università, hanno da studiare parecchio piú di noi delle superiori e cosí non hanno tempo di venderla. E poi è molto piú facile che mettano in galera i ragazzi che le ragazze. All'inizio è stato piuttosto difficile mantenermi calma a contatto coi miei ma, visto che ora sono la ragazza di Richie fino in fondo, devo fare tutto quel che posso per aiutarlo.

8 ottobre

Ho convinto Richie che è piú facile vendere acido che hashish perché possiamo nasconderlo tra punti regalo, gomma da masticare, caramelle col buco e portarlo in giro senza dover aver troppa paura della polizia o di qualche spione che cerca di scoprire cosa facciamo.

Richie è proprio buono, buonissimo con me e fare all'amore con lui equivale a lampi, arcobaleni e primavere. Forse è vero che sto prendendoci gusto con la droga ma sono proprio cotta di lui. Faremmo qualunque cosa per aiutarci a vicenda. Lui andrà a studiare medicina e io devo aiutarlo come posso. Sarà una tirata piuttosto lunga e dura ma gliela faremo. Richie pensa che dovrà studiare ancora per otto o dieci anni; e sí che è già al secondo anno d'università. Mamma e papà pensano che lui vada ancora alle superiori. Credo che non andrò all'università. Papà riceverà un colpo mortale ma per me è piú importante lavorare e aiutare Richie. Non appena avrò finito le superiori mi troverò un posto e cosí ci sistemeremo. Richie ha avuto una serie ininterrotta di trenta ma ora, dice lui, il suo ritmo è un po' calato.

Sono molto innamorata di quell'uomo. Oh, lo amo proprio moltissimo! non vedo l'ora d'incontrarlo. Lui mi prende in giro e dice che sono un po' fissata col sesso, dato che ho insistito con lui perché mi lasci provare a fare all'amore senza essere prima stonata. Ha promesso che lo farà. Sarà quasi una nuova esperienza. Non vedo l'ora, proprio l'ora di farlo!

(?)

Io e Richie non andiamo mai da nessuna parte. È diventato quasi un rito. Lui mi viene a prendere, sta qualche minuto coi miei genitori e poi corriamo all'appartamento che Richie divide con Ted. Mi piacerebbe stare con lui, "cotta," ogni notte, ma mi permette di andare a casa sua solo quando deve rifornirmi di acido e darmi una scorta sufficiente d'erba e di barbiturici che mi bastino finché non lo rivedo. So che ha un sacco da studiare e cosí cerco di accontentarmi di quel che può darmi, che però sembra diminuire sempre di piú. Sarò forse fissata per fare all'amore ma, apparentemente, la cosa mi interessa molto piú che a lui. Vorrei che mi lasciasse prendere la pillola e che non dovesse lavorare e studiare tanto. Be', quel che ho è tanto bello che non so com'è possibile desiderare di meglio.

17 ottobre

Oggi sono tornata alla scuola elementare. Non mi da fastidio vendere alle superiori perché, a volte, la roba è dura da trovare e i ragazzi vengono a chiedermela. Io e Chris ce la procuriamo da Richie. Lui è in grado di soddisfare ogni loro voglia, barbiturici, hashish, anfetamine, LSD, metedrina, tutto insomma. Un conto è vendere ai ragazzi delle superiori o a quelli delle medie ma oggi ho venduto 10 pastiglie di LSD ad un bambino delle elementari che probabilmente non aveva ancora nove anni. Lo so che lui, a sua volta, si metterà a vendere e loro, via, sono troppo piccoli. Il pensiero che bambini di nove o dieci anni si droghino mi ripugna tanto che non voglio piú tornarci. Lo so che se vogliono possono procurarsi la roba da qualcun altro ma non l'avranno da me. Da quando sono tornata da scuola sono stata a letto a pensare a questa faccenda e ho deciso che Richie deve venir qui a parlare con papà della possibilità di avere una borsa di studio. È certo che coi suoi voti e coi suoi precedenti scolastici si potrebbe tentare di procurargliene una. Ne sono certa.

18 ottobre

Se ci fossero premi e medaglie per gli stupidi e i creduloni, io ne riceverei uno dei primi. Chris e io siamo entrati nell'appartamento di Richie e di Ted trovando i due bastardi, cotti, che facevano all'amore. Ecco perché Richie il puttanino voleva avere a che fare cosí poco con me! Eccomi qui a vender droga per un finocchio di basso livello il cui padre, con ogni probabilità, non è affatto malato. Chissà quante sono le ragazze cretine che lavorano per lui. Oh, mi vergogno tanto! Non posso credere d'aver venduto roba a ragazzi di undici e di dodici anni e persino a bimbi di nove e di dieci anni. Che disgrazia sono per me, per la mia famiglia, per tutti. Sono malvagia proprio come quel figlio di puttana di Richie.

19 ottobre

Io e Chris siamo rimaste al parco per tutto il giorno a ripensare alle nostre faccende. Lei ha preso delle droghe per piú di un anno, io l'ho fatto dal 10 luglio, per la precisione. Abbiamo deciso che è impossibile cambiare finché restiamo qui e cosí vogliamo darci un taglio e andare a San Francisco. Devo anche denunciare Richie alla polizia. Non voglio sembrare vendicativa, dispettosa o gelosa, non lo sono, però devo far qualcosa per proteggere tutti quei ragazzi delle elementari e delle medie.

Tutte quelle stupidate che Rich mi ha vendute per buone come "la troveranno da qualche altra parte" ecc. sono soltanto un mucchio di stronzate ad effetto. L'unica persona che gli sta a cuore in tutto il mondo è se stesso e il solo modo con cui posso espiare per il male che ho fatto è quello di impedirgli di iniziare altri ragazzi alla droga. Questo è uno dei lati peggiori di questa faccenda. In pratica ogni ragazzo che ne fa uso la vende. È una specie di giostra gigante che continua a girare diventando sempre piú grande tanto che mi chiedo se finirà mai. È cosí! Vorrei non esserci mai salita. Ed ora Chris ed io ci siamo impegnate vicendevolmente a restar pulite. Lo faremo senza fallo. Abbiamo giurato e promesso solennemente. A San Francisco non conosciamo nessuno che la prenda e perciò ci sarà facile starne lontane.

(?)

È molto triste andar via di soppiatto nel mezzo della notte ma io e Chris non siamo riuscite a trovare nessun altro modo per andarcene. L'autobus partirà alle 4,30 e dobbiamo prenderlo. Prima andremo a Salt Lake City dove ci fermeremo per qualche ora e poi batteremo in ritirata verso San Francisco. Ho veramente paura di quello che Richie potrebbe farmi se potesse prendermi. Lui verrà a sapere, ne sono quasi sicura, il nome di chi lo ha denunciato perché ho indicato alla polizia nella mia lettera i pochi nascondigli della sua scorta. Vorrei che tutti quelli che vendono droga potessero venir tolti di mezzo.

Addio casa, addio cara famiglia. Me ne vado soprattutto perché ti amo tanto da non voler che tu venga mai a sapere come sono debole e disonorata. Mi spiace abbandonare la scuola ma non oso chiedere i miei documenti scolastici perché so che sia tu, famiglia, che Richie potreste seguirli scoprendo dove sono. Ti lascio un biglietto, mia cara famiglia, ma non potrò mai dirti quanto tu mi sia sacra.

26 ottobre

Siamo a San Francisco in un appartamentino d'una stanza che è sporco, puzzolente e soffocante. Siamo entrambe sporche dopo aver passato tante ore tristi sull'autobus e, dato che Chris sta facendosi un bagno, scriverò qualche riga in attesa del mio turno. Abbiamo denaro a sufficienza per sopravvivere finché non avremo trovato lavoro perché mi son tenuta i cento e trenta dollari che avrei dovuto consegnare a quel bastardo di Richie e perché Chris è riuscita a ritirare dalla banca i quattrocento dollari abbondanti del suo libretto. Questo buco da puttane e da ragni in cui viviamo ora costa novanta dollari al mese ma almeno stando qui avremo abbastanza tempo per trovarci un lavoro e per cercare un appartamento decente.

So di essere stata cattiva coi miei genitori ma almeno sanno che sono con Chris, che, secondo loro, è una ragazza buona e onesta che non mi condurrà sulla strada sbagliata. Ma è possibile esserlo ancora di piú?

27 ottobre

Io e Chris abbiamo cercato lavoro per tutto il giorno. Abbiamo esaminato attentamente ogni annuncio del giornale ma o siamo troppo giovani, o troppo inesperte, o senza referenze, oppure vogliono qualcuno che dia sicure garanzie di continuare a lavorare, oppure dicono che ci richiameranno. Non sono mai stata tanto esausta in vita mia. È sicuro che stanotte non avremo bisogno di prender qualcosa per dormire persino in quel congegno gibboso, umido, inospitale che, in questa scatoletta, viene chiamato letto.

28 ottobre

Qui tutto sa sempre di freddo e di umido. Nell'armadio a muro cresce persino una specie di muffa da fungo di color verde ma, grazie a Dio, non resteremo qui a lungo o almeno *spero* di no. Ma la caccia al posto oggi non ha avuto piú successo di ieri. Non siamo neanche riuscite a individuare dove abita l'amica di Chris.

29 ottobre

Ho trovato lavoro in un buco di negozio di biancheria. Non mi danno molto ma almeno riusciremo a pagarci il cibo. Chris continuerà a cercare un posto migliore e, dopo che l'avrà trovato, lascerò il mio e mi metterò a cercarne uno un po' piú interessante. Chris spera che, forse, nel giro di un anno, saremo in grado di aprire la nostra boutique. Non sarebbe splendido? E forse, se le cose andranno bene, potremo invitare le nostre famiglie perché vengano a trovarci e a godere del nostro successo.

31 ottobre

Chris non ha ancora trovato lavoro. Lei cerca ogni giorno ma abbiamo deciso che non deve accettare un posto qualsiasi. Dev'essere un negozio di classe dove possa imparare tutto ciò che abbiamo bisogno di sapere per gestire il nostro negozio. Ogni notte sono cosí stanca che riesco appena ad arrivare fino al letto. Non mi ero mai resa conto che stare in piedi tutto il giorno a servire gente immusonita e sporca sarebbe stato cosí pesante.

1° novembre

Io e Chris abbiamo passato la giornata visitando Chinatown e il Golden Gate Park. Poi abbiamo attraversato il ponte del Golden Gate in autobus. È proprio una città meravigliosa, eccitante, splendida ma preferirei essere a casa, ovviamente non posso dirlo a Chris.

3 novembre

Finalmente Chris ha un lavoro! È il negozietto piú bello che abbia mai visto. Ci sono andata dopo il lavoro e mi sono comprata un paio di sandali. In quel negozio lei è in grado di imparare tutto ciò che è bene sapere per il nostro; cioè, non solo come si fa a vendere ma anche a comprare ed a esporre la merce, perché nel negozio sono solo in due. La proprietaria si chiama Sheila ed è senza dubbio la donna piú favolosamente bella che abbia mai visto. Ha la pelle bianca come la neve e ciglia lunghe come un mio braccio, finte naturalmente. I suoi capelli sono nerissimi e lucidi. So che è alta un metro e ottanta. Non capisco perché non faccia la modella o l'attrice del cinema o della televisione. Il suo negozio si trova in una zona molto elegante e i prezzi sono altissimi, anche con lo sconto di Chris. Comunque ho pensato di darmi un po' alla pazza gioia dopo aver tirato la cinghia come siamo state costrette e come dovremo continuare a fare.

5 novembre

Ogni giorno che passa ho piú nostalgia di casa invece che abituarmi un po' alla volta alla lontananza. Chissà cosa prova Chris? Non oso aprir bocca sull'argomento per timore che pensi che sono una sciocca, il che forse è vero. In effetti me ne andrei a casa se non avessi cosí paura di Richie. Sono certa che cercherebbe di coinvolgermi, se potesse farlo. È un tipo talmente debole, subdolo e vendicativo! Ora sono in grado di capire tante delle sue azioni disgustose che non riesco a rendermi conto di come ho fatto a subire un tal lavaggio del cervello. Immagino d'essere stata una ragazzina stupida che chiedeva solo d'esser accalappiata. Cosí fu. È stato proprio cosí, amico. Non sarò cosí scema la prossima volta, ma non ci sarà piú una prossima volta! Non voglio piú prendere la droga per nessunissimo motivo. È la droga la causa e la radice di questo marcio pasticcio in cui mi trovo e vorrei con tutto il cuore non averne mai sentito parlare. Vorrei che le lettere non venissero timbrate per poter scrivere a papà, alla mamma, ai ragazzi, ai nonni e forse perfino a Roger. Ci sono tante cose di cui vorrei parlargli! È un vero peccato non averlo capito in tempo.

8 novembre

Alzarsi, mangiare, lavorare, mangiare e piombare a letto esausta. Non riesco neppure piú a fare un bagno tutti i giorni. È troppo noioso aspettare che il bagno sia libero.

10 novembre

Ho lasciato il posto e cosí avrò tempo per cercarne uno piú interessante. Sheila mi ha dato un elenco di posti a cui presentarmi e mi ha anche detto che potrò dare il suo nome come referenza.

P.S. Abbiamo fatto una spesa pazza e cosí abbiamo comprato un televisore usato per quindici dollari. Non funziona troppo bene ma rallegra l'appartamento.

11 novembre

Be' diario, che ne pensi? mi sono trovata un posto appena un'ora dopo essere uscita di casa; in effetti si trattava del secondo negozio in cui sono andata. Mario Mellani crea dei gioielli deliziosi, fatti a mano, ornati di pietre preziose. Lui voleva trovare una ragazza giovane e fresca che potesse fargli fare bella figura nel negozio e che lo aiutasse nel lavoro. La sua scelta mi lusinga. Il signor Mellani è un uomo grande e grosso, un gran simpaticone; mi ha detto di esser sposato e di avere otto figli. Vive a Sausalito e mi ha già invitato a cena a casa sua per una delle prossime domeniche perché conosca i suoi.

13 novembre

Il mio nuovo lavoro è magnifico. Il signor Mellani rappresenta per me una specie di seconda famiglia. Eccolo qui, nel suo elegantissimo negozio sotto i portici di un albergo incredibilmente caro, però lui si porta il pranzo da casa ogni giorno in un sacchetto di carta e lo divide con me. Dice di farlo per non ingrassare troppo. Chris ed io andremo a casa sua domenica prossima. Non è bello? Sarà meraviglioso rivedere una squadra di ragazzini. Lui ha un figlio, Roberto, della stessa età di Tim e un altro di soli tre giorni piú giovane di Alexandria. Crede che sia orfana, e, in un certo senso, lo sono. Non importa.

Sai, potrei avere un sacco di appuntamenti se non facessi la difficile. Il portico formicola di ricconi, vecchi e grassi, accompagnati dalle loro mogli, ricche e vecchie, rivestite di visone, di zibellino e di chincillà. Gli uomini rinchiudono le mogli nei loro appartamenti, poi scendono e mi fanno delle proposte. C'è poi un gran numero di uomini del tipo viaggiatori di commercio che gironzolano per il negozio cercando di toccare, e non solo la merce. Non mi ci è voluto molto ad individuarli mentre passano di fronte al portiere dell'albergo.

(?)

Io e Chris siamo fortunate che tutti e due i nostri negozi siano chiusi di domenica e di lunedí, cosí possiamo stare insieme nei nostri giorni liberi. Non possiamo però dire d'essere circondate da persone veramente giovani come noi. Sheila deve avere trent'anni anche se si conserva meravigliosamente bene e, naturalmente, il signor Mellani ha un'età tale che potrebbe essere mio padre, e infatti lo sta diventando molto rapidamente. Domani andremo a casa sua.

16 novembre

Abbiamo trascorso ore meravigliose a casa del signor Mellani. Loro vivono in una zona collinosa e sembra di essere in campagna. La casa è al capolinea dell'autobus e la zona è coperta di alberi secolari. La signora Mellani e i ragazzi sono uguali alle famiglie italiane che si vedono al cinema. Lei cucina meglio di ogni altra persona che conosco. E i ragazzi, anche quelli grandicelli, sciamano intorno ai genitori. Non ho mai visto un gruppo di persone piú spontanee. Mario, il maggiore, diciassette anni, stava per partire per una gita scolastica e si è messo a baciare ed abbracciare suo padre e tutto il resto della famiglia come se dovesse andarsene per sempre. Anche il resto della giornata è stato punteggiato da battibecchi, sculacciate e pacche sulle spalle.

È stata una bellissima esperienza che però mi ha fatto sentire ancora piú sola.

19 novembre

Chris è tornata a casa dal lavoro fuori di sé dalla gioia. Sheila, per non essere da meno del signor Mellani, ci ha invitate ad una festa a casa sua fissata per sabato sera dopo la chiusura del negozio. Comincerà un po' tardi dato che lavoriamo tutti fino alle nove, ma sono felice perché mi sembra una cosa incredibilmente elegante e sofisticata andare a una festa che comincia alle dieci e mezzo di sera.

20 novembre

All'inizio io e Chris eravamo preoccupate perché non sapevamo cosa mettere per andare alla festa di Sheila ma lei ci ha detto di indossare una cosa qualunque. Perfetto. Infatti abbiamo portato da casa solo una valigia a testa e non abbiamo voglia di spender soldi se proprio non siamo obbligate a farlo. Forse resteremo in questo appartamento per altri sei mesi o giú di lí e poi, con ogni probabilità, avremo abbastanza soldi per cominciare la nostra attività. Spero che Sheila ci dia la sua benedizione e che ci aiuti. Forse il signor Mellani ci darà da vendere qualche gioiello di sua produzione tra i meno costosi. Mario andrà a lavorare al negozio non appena avrà preso il diploma delle superiori e cosí, forse, non avranno piú bisogno di me, anche se volessi restare.

21 novembre

La festa da Sheila è per domani sera. Chi saranno gli altri invitati? Chris mi parla sempre della gente del cinema e della televisione che va in negozio e che sembra in buoni rapporti personali con Sheila. O almeno si scambiano baci e si chiamano "caro" e "tesoro."

Te lo immagini far la conoscenza delle stelle del cinema e della televisione? Un giorno ... è entrata nel negozio del signor Mellani e ha comprato un grosso anello ma lei è tanto vecchia, che l'ho vista solo in un film alla televisione, per di piú programmato a sera inoltrata, in cui faceva la parte, non troppo eccitante o affascinante, di una pazza.

22 novembre

Oh sabato felice! la notte della gran festa è vicina. Mi domando se la gente penserà che sono terribilmente ingenua se berrò solo coca-cola o qualcosa del genere invece che champagne e il resto. Forse non se ne accorgerà nessuno. È meglio che scappi a lavorare. A volte il mio tram è pieno a quest'ora e non voglio restare aggrappata fuori col rischio di arruffarmi i capelli.

23 novembre

Ci sono ricascata e non sō se piangere o essere felice. Be' almeno stavolta eravamo tutti adulti che ci facevamo i viaggi nostri senza influenzare una squadra di bambini. Non posso dire che tutti mi giudichino completamente adulta ma è certo che alla festa tutti pensavano che noi due avessimo diciott'anni. Non è questo quel che conta? Ma lasciamo perdere. Sheila vive in un appartamento favoloso con una vista magnifica. A casa sua c'è un portiere che sembra ancora piú regale di quello dove lavoro io, e sí che anche il mio è piuttosto imponente. Per salire al suo appartamento abbiamo preso l'ascensore cercando di atteggiarci a ragazze sofisticate e sicure, mentre in effetti per noi che venivamo dalla nostra catapecchia sporca, questa casa era da capogiro. Persino l'ascensore, ricoperto com'è di similpelle dorata su due pareti e da un pannello nero sulle altre due, ci ha fatto una gran impressione.

L'appartamento di Sheila assomiglia a quelli delle riviste d'arredamento. Ci sono due grandi vetrate che danno sulla città scintillante. Ho cercato di evitare di andare in giro con la bocca spalancata, ma mi sembrava d'essere sul set di un film.

Sheila ci ha baciate leggermente sulle guance e poi ci ha fatte entrare in una stanza dove erano ammucchiati intorno a un gran tavolo basso dorato parecchi cuscini dai colori vivaci. Il tavolo era coperto da una lastra di vetro antico. Accanto al caminetto c'era anche un'enorme sedia di color marrone, coperta da una pelle a pelo lungo. Insomma una cosa incredibile.

Poi il campanello ha cominciato a suonare ed ecco giungere le persone giú affascinanti che abbia mai visto in vita mia. Gli uomini erano splendidi, delle statue abbronzate di dei romani, e le donne cosí da mozzafiato da farmi felice e da intimorirmi allo stesso tempo. Ma dopo un po' mi è passata per la testa l'idea che noi, io e Chris, siamo giovani, risplendenti, in piena forma e che invece queste donne sono vecchie, vecchissime. Con ogni probabilità non possono uscir di casa al mattino senza prima mettersi mezzo chilo di trucco. E cosí non avevamo proprio nulla da temere.

Poi l'ho sentita. Il suo profumo era cosí forte che ho quasi troncato una frase a metà. Chris era dall'altra parte della stanza ma l'ho vista guardarsi intorno e ho capito che anche lei l'aveva annusata. L'aria sembrò inspessirsi e una parte della mia testa la chiedeva con insistenza. Non sapevo se fuggir via, restar lí oppure semplicemente che fare. Mi sono allora voltata e uno degli uomini mi ha passato uno spinello. È stata la fine. Volevo stonarmi, cuocermi, andare in paradiso. Non avevo mai desiderato niente con tanta forza. Questa era la grande occasione, questo il bel mondo, e io volevo sentirmi parte di questo tutto.

Il resto della serata è stato fantastico. Le luci, la musica, i suoni e San Francisco erano parte di me ed io parte di loro. È stato un altro viaggio incredibile che è continuato per non so quanto tempo. Io e Chris ci siamo sistemate alla meglio e abbiamo dormito da Sheila. Abbiamo dovuto attendere fino al primo pomeriggio del giorno dopo prima di farci coraggio per tornare alle nostre squallide quattro mura.

Vorrei sapere quel che è veramente accaduto. Non so se fumavamo hashish, difficile da procurarsi di questi tempi, o che cosa. Ma spero che non mi tocchi attraversare un altro periodo del tipo sono-o-non-sono-incinta fino alle mestruazioni del mese prossimo. Una cosa è certa: se saliamo di nuovo sulla giostra comincerò proprio a prender la pillola. Non sopporto l'incertezza e poi mi manca solo d'essere... per crollare definitivamente. Ma non voglio neppure pensare a questa eventualità.

(?)

Sheila dà delle feste quasi ogni sera, e noi siamo sempre invitate. In effetti non ho trovato nessuno che mi piaccia veramente, ma ci si diverte molto. E poi restiamo a dormire quasi sempre da lei, il che è molto meglio che dover tornare a dormire nel nostro buco. Chris ha scoperto che Sheila è stata sposata una volta con ... e che gli alimenti che riceve sono sufficienti per permettere a lei e a tutti i suoi amici di togliersi tutte le voglie che gli passano per la testa. Accidenti, sarebbe bello aver tutti quei soldi! Penso che vivrei come lei, meglio però.

3 dicembre

Ieri ho passato la nottata peggiore della mia vita schifosa, marcia, puzzolente, triste e fottuta. Eravamo solo in quattro e cosí Sheila e Rod, il suo amico in carica, ci hanno fatto provare l'eroina. Dapprima avevamo un po' di paura, ma poi ci hanno convinte che i racconti dell'orrore che circolano sull'eroina rappresentano solo uno dei miti americani. Bah! Credo che, in fondo, la cosa mi tentasse da prima e la verità è che avevo una gran voglia di provare mentre li osservavo preparare l'occorrente. L'eroina ti dà una grande sensazione, diversa da tutto quello che avevo provato prima. Mi sentivo dolce, annebbiata e meravigliosamente soffice, quasi galleggiassi al di sopra della realtà, come se le cose del mondo fossero perse per sempre nello spazio. Ma, poco prima di essere troppo cotta per rendermi conto di quel che succedeva, ho visto Sheila e quel porco del suo uomo risvegliarsi e prendere delle anfetamine. Mi domandavo come mai cercassero di darsi una scossa proprio quando ci avevano instradato in quella meravigliosa beatitudine. Ho capito solo piú tardi che quei figli di puttana schifosi si erano dati il cambio violentandoci e approfittando di noi con sadismo e brutalità. Questa era stata la loro strategia sin da quando ci conoscevano: mangiamerda di terza categoria che sono.

Tornate in terra, io e Chris siamo rientrate a fatica al nostro appartamento e abbiamo parlato a lungo. Ci stava bene! La zozzeria che si accompagna alla droga ne rende il prezzo troppo alto da pagare per tutti, nessuno escluso. Questa volta ci controlleremo e ci aiuteremo a vicenda. Avevo condannato Richie perché è un omosessuale ma forse avrei potuto essere piú indulgente con quello stupratore. Cotto com'era tutto il santo giorno, non c'è da meravigliarsi che desse qualche numero.

3 dicembre (seguito)

Io e Chris abbiamo parlato ancora e abbiamo deciso di abbandonare questo giro fottuto. Abbiamo settecento dollari, considerando anche la paga di ieri, e cosí potremo aprire una boutique in un posto non troppo grande. Non vogliamo ricascare piú nella droga. Ne siamo stufe.

Mi spiace molto lasciare il signor Mellani. È molto buono, gentile e affettuoso con me ma né io né Chris sopportiamo l'idea di rivedere o di risentire quella sadica ambidestra di Sheila... Cosí sarò obbligata a lasciare il solito biglietto coi soliti "grazie" e "le voglio bene."

5 dicembre

Ogni giorno abbiamo girato per dieci ore alla ricerca di un negozio ma non abbiamo avuto fortuna. Cosí abbiamo deciso che potremmo aprirne uno vicino a Berkeley. Laggiú tutti i ragazzi portano un sacco di gioielli e per fortuna Chris si è fatta un elenco di fornitori prima di andarsene. Sono certa di poter creare dei gioielli originali grazie all'esperienza fatta guardando il signor Mellani. Sarà proprio un negozio simpatico con Chris che si occupa della parte commerciale ed io di quella creativa.

6 dicembre

Be', oggi l'abbiamo trovata, la casa nuova. È un appartamento al pian terreno, molto vicino a Berkeley, in una zona che è diventata piuttosto commerciale. Cosí potremo usare la cucina e la camera da letto per vivere, il soggiorno e la microscopica sala da pranzo per lavorare e per vendere. Domani ci trasferiamo là e cominciamo ad imbiancare le pareti. Abbiamo un bel bovindo a pochi passi dalla strada che diventerà una bellissima vetrina e, se diamo una verniciata, e aggiustiamo i mobili, la casa dovrebbe esser proprio bella. Vorremmo fare un sacco di cose folli, per esempio ricoprire il ripiano del tavolo, vecchio e consunto, di feltro, visto che è un materiale a buon prezzo, e tappezzare col leopardo finto le sedie e un pezzo di parete, se ce lo potremo permettere. Sarà bello avere un posto che si possa nuovamente chiamare casa e cosí cercheremo di metterlo in ordine tanto da farlo sembrare amato e vissuto. Del resto non abbiamo speso un centesimo per migliorare l'altro appartamento.

9 dicembre

Non ho potuto scrivere perché ho avuto troppo da fare. Abbiamo lavorato venti ore al giorno. Ci siamo fatte quattro risate pensando a quanto ci piacerebbe avere una pillola di anfetamine ma nessuna delle due ci vuole piú cascare. Non abbiamo ancora fatto nulla per le nostre stanze private ma la sala vendita è proprio graziosa. Diversi ragazzi sono venuti a farci visita per dirci com'è bella e chiederci quando iniziamo l'attività. Non abbiamo potuto permetterci di comprare un tappeto e cosí abbiamo dipinto il pavimento di un color rosa caramella mentre le pareti sono rosa e bianche con sfumature viola e rosso. Veramente bello. Invece di usare il leopardo abbiamo deciso di fare con una pelliccia bianca, falsa, che è proprio magnifica. Chris è andata dai grossisti e ci è restata tutto il giorno. Domani si apre con o senza sonno.

10 dicembre

Stando ai risultati Chris sapeva perfettamente cosa doveva comprare perché in appena un giorno abbiamo guadagnato venti dollari. Cosí dovrà tornare a rifornirsi anche domani.

12 dicembre

La conduttura dell'acqua perde, il gabinetto s'ingolfa, abbiamo l'acqua calda solo a tratti, ma non importa. I ragazzi vengono qui per guardare la televisione che è in sala vendita, per stare un po' a sedere e per discutere. Abbiamo tolto le gambe alle sedie della sala da pranzo che cosí sono a soli trenta centimetri da terra. Con queste cinque sedie (la sesta era irricuperabile) abbiamo creato un bellissimo angolo da conversazione. Oggi uno dei ragazzi ha suggerito di riempire il frigorifero di bevande fresche da far pagare 50 centesimi l'una consentendo però ai ragazzi l'uso del televisore. Proveremo a farlo. Abbiamo anche pensato di comprare un giradischi tra qualche settimana se le cose continueranno ad andare cosí bene. La sala vendite è piuttosto spaziosa e per la nostra attività ce ne serve solo una parte.

La maggior parte dei ragazzi ha un sacco di soldi e ne spende qui abbastanza da giustificare il privilegio di usare le nostre sedie almeno per un po'.

13 dicembre

Oggi uno dei ragazzi che è già stato qui diverse volte ci ha offerto il suo giradischi, che vende per 25 dollari, dato che se ne costruirà un altro. Siamo felicissime e stanotte rimarremo in piedi per abbellirlo con del velluto rosso e delle puntine dorate. Immagino quale sarà la sorpresa dei ragazzi domani. Sono contenta d'essere sempre cosí stanca perché m'addormento non appena mi metto a letto. Non voglio aver tempo di pensare, soprattutto a Natale.

15 dicembre

Stamattina Chris se n'è andata presto dai grossisti e io, mentre pulivo le vetrinette, mi sono messa ad ascoltare la musica. Ma quando il disco ha attaccato *Lei se ne va di casa*, prima che potessi capire quello che succedeva mi sono messa a piangere come una fontana. Oh, quella canzone è stata scritta per me e per tutte le mille e mille ragazze che sono fuggite di casa. Forse andrò a casa dopo Natale, forse anche prima di Natale. Tutta questa storia di Richie è stata sicuramente chiarita e cosí potrò tornare dai miei e riprendere la scuola a metà dell'anno. Chris si può tenere il negozio che, per quando me ne andrò, dovrebbe essere ben avviato. Ma forse anche lei vuol tornare a casa con me; per un po' di tempo comunque non voglio parlargliene.

17 dicembre

Le cose stanno diventando un po' monotone per me e per Chris. Tutti i ragazzi vogliono parlarci delle loro fisse e delle sensazioni che provano quando si drogano. Mi viene in mente mio nonno, il padre di mio padre, che prima di morire parlava continuamente dei suoi mali e dei suoi dolori. Questi ragazzi cominciano a darmi sui nervi proprio come lui. Non parlano mai di quello che desiderano nella vita, delle loro famiglie o di cose cosí ma solo di chi ce *l'ha*, di quanta grana avranno l'anno prossimo, di chi ha in questo momento meno spiccioli o se troveranno d'andare a letto con qualcuno. Gli sbandati cominciano a star sullo stomaco anche a me. Riusciranno veramente a fare una rivoluzione totale in questo paese? Quando ne parlano, tutto sembra piuttosto ragionevole ed eccitante, distrugger tutto e ricominciare da capo: una nazione nuova, un amore nuovo, spartire tutto, pace, ecc. ecc. Ma quando non ci sono mi sembra solo una altra situazione pazzesca proprio come quella del mondo della droga. Oh, sono completamente confusa. Non riesco a credere che presto ci sarà bisogno che le figlie combattano contro le madri e i figli contro i padri per creare il mondo nuovo. Ma forse questi ragazzi riusciranno a convincermi per quando andrò all'università, se mai ci andrò

18 dicembre

Oggi abbiamo chiuso bottega e siamo uscite. È la prima volta che usciamo insieme dopo tante settimane e poi i ragazzi con le loro fisse ci stanno proprio scocciando. Abbiamo fatto un lungo giro in autobus e poi ci siamo tolte lo sfizio di andare in un ristorante francese molto chic dove si mangia alla grande. È stato proprio bello vestirsi bene, dopo aver sgobbato tanto con indosso solo vecchi pantalonacci e abiti smessi, buoni solo per lavorare. Ma tutti gli oggetti natalizi nelle vetrine dei negozi ci hanno fatto sentire un po' sole anche se nessuna delle due ne ha parlato. Sono arrivata al punto di fingere con me stessa che la cosa non mi toccava ma a te, caro diario, posso dir la verità. Mi sento sola, distrutta, odio tutta questa situazione e tutto ciò che essa significa, mi sembra di buttar via la mia vita. Voglio tornare a casa, voglio tornare a scuola, non voglio piú starmene lí, seduta, ad ascoltare dei ragazzi che possono scrivere, telefonare e andare a casa per Natale mentre a me non è possibile farlo. E poi perché non posso? Probabilmente non ho fatto niente che questi ragazzi non abbiano fatto. Tutti i drogati hanno una doppia vita, per metà alla luce del sole, per metà nelle fogne, le due cose procedono insieme.

22 dicembre

Ho telefonato alla mamma. Era cosí felice di sentire la mia voce che riuscivo appena a sentire le sue parole rotte dai singhiozzi. Mi ha offerto di mandare dei soldi telegraficamente o di farmi venire a prendere da papà ma le ho risposto che non avevamo problemi finanziari e che saremmo tornate a casa stasera stessa col primo aereo. Perché non lo abbiamo fatto settimane, mesi, secoli fa? Brutte stupide!

23 dicembre

La notte scorsa ho toccato il cielo con un dito. L'aereo era in ritardo ma la mamma, papà, Tim e Alexandria erano tutti là ad aspettarmi. Piangevamo tutti senza ritegno, proprio come dei bambini. Il nonno e la nonna giungeranno oggi in aereo per vedermi e per passare il Natale con noi. Penso che sia la festa per il ritorno a casa piú grande che qualcuno abbia mai ricevuto. Mi sento come il figliol prodigo che riceve il benvenuto al ritorno all'ovile, e non voglio piú andarmene. Mai piú.

Anche il padre e la madre di Chris erano all'aereoporto ad aspettarla e, anche loro, si sono riuniti in un mare di lacrime. La fuga di Chris ha avuto un buon effetto. Infatti suo padre e sua madre si sono riconciliati e ora sono uniti come non lo sono stati per anni.

Piú tardi

Sono felice che la nostra piccola avventura sia finita bene. Mark, uno dei ragazzi che veniva sempre nel nostro negozio, ci aveva fatto delle foto con la Polaroid che hanno piacevolmente colpito le nostre famiglie. Naturalmente abbiamo cancellato dalle nostre vite le avventure a San Francisco e la mamma è stata felice di sapere che non siamo mai andate a Haight-Ashbury,[1] che comunque adesso non è piú niente.

Oggi pomeriggio ho telefonato al centralino per chiedere il numero di Richie e di Ted. La risposta è stata che queste persone non risultano abbonate. Ne ho dedotto che sono spariti dalla circolazione e ho tirato un bel sospiro di sollievo. Adesso tutti pensano che siamo fuggite perché volevamo starcene per conto nostro. Comunque sarà meglio controllare, per evitar sorprese, se quei due sono ancora iscritti all'università.

[1] Nel periodo tra il 1965 e il 1968 Haight-Ashbury, una via di San Francisco, ha rappresentato il punto di ritrovo e il centro spirituale degli hippies degli Stati Uniti. Poi, come si dice qui, gli hippies hanno abbandonato Haight-Ashbury per vivere soprattutto in comuni rurali e la strada è rimasta una squallida fila di negozi sbarrati. [*N.d.T.*]

24 dicembre

La casa è rallegrata da odorini deliziosi. Abbiamo messo in forno torte, crostate, biscotti e caramelle. La nonna è una cuoca meravigliosa, so di poter imparare un sacco di cose da lei e voglio davvero cimentarmi ai fornelli. L'albero è pronto, la casa addobbata e Natale quest'anno sarà anche piú bello degli anni scorsi.

Oggi ho telefonato a Chris. Si sente in gran forma. Suo padre, sua madre e sua zia Doris, che è zoppa e che vive con loro, stanno facendo di tutto per essere carini con lei. Oh, è cosí bello essere a casa! Credo che la mamma avesse ragione. Chris ed io, ci soffermavamo troppo sugli aspetti negativi della vita. Non lo faremo piú.

25 dicembre

Diario, oggi è Natale e aspetto che i miei si sveglino per andare a vuotare le calze e ad aprire i regali. Ma prima, ora che sono tutta sola, volevo concedermi un angolino particolare e sacro in questo giorno cosí particolare e sacro. Volevo guardare indietro, pentirmi e rifare la mia solenne promessa. No, posso cantare con gli altri, "Oh venite tutti voi che avete fede, allegri e trionfanti," perché questa volta mi sento proprio trionfante, lo sono davvero!

26 dicembre

Il giorno di Santo Stefano è un po' noioso di solito ma quest'anno mi sono divertita ad aiutare la mamma e la nonna a far pulizie, a metter via le cose sporche e a tirar fuori quelle pulite. Mi sento adulta. Non appartengo piú alla categoria dei bambini, sono una persona adulta anch'io! Ne sono felice. Mi hanno accettato come individuo dotato di una sua personalità, come entità. Sono dei loro! Sono importante! Sono qualcuno!

Gli adolescenti devono attraversare un periodo di insicurezza, di alti e di bassi. I grandi li trattano da bambini eppure si aspettano che agiscano da adulti. Gli danno ordini come se fossero animalini e poi si attendono che i ragazzi reagiscano da persone mature, razionali, sicure di sé, dotate della capacità d'intendere e volere. È un periodo difficile, incerto, inutile. Forse mi sono lasciata alle spalle la parte peggiore. Lo spero fervidamente perché in caso contrario, non avrei la forza e l'energia morale per superare un periodo come quello.

27 dicembre

Natale è ancora nell'aria. È quel periodo dell'anno, meraviglioso e speciale, quando ogni forma di bontà sembra rinascere in terra. Oh, mi piace, mi piace moltissimo. È come se non me ne fossi mai andata.

28 dicembre

Stavo guardando i biglietti di auguri natalizi quando ne ho visto uno dei genitori di Roger che mi ha fatto provare orrore per me stessa. Non sarebbe stato meraviglioso se le nostre due famiglie si fossero imparentate? Ma ogni possibilità che accada qualcosa del genere è finita ormai e non devo farmene una colpa torturandomi. E poi, probabilmente, si trattava solo di un amore da ragazzini.

29 dicembre

Papà e mamma stanno pensando di fare una festa a Capodanno per tutta la gente che ha a che fare col dipartimento di papà. Il divertimento è assicurato. La nonna sta già preparando i cavoli e il pollo in casseruola e anche le paste all'arancio. Hum! Mi ha detto che potrò aiutarla. Verrà anche Chris.

30 dicembre

È ancora tempo di vacanze e sono fuori di me dalla gioia per tutto il giorno, dalla mattina alla sera.

31 dicembre

Stanotte scoccherà l'ora di un anno nuovo che sarà meraviglioso per me. Mi sento molto felice di potermi sbarazzare dell'anno vecchio. Quasi non mi sembra vero. Vorrei strapparlo via dalla mia vita come le pagine di un calendario, almeno gli ultimi sei mesi. Ma come, come, mi sono potute accadere tutte queste cose? Proprio a me che appartengo ad una famiglia cosí buona, gentile, onesta, affettuosa! Ma l'anno nuovo sarà diverso, pieno di vita e di promesse. Vorrei davvero che esistesse un modo per cancellare per sempre, in modo definitivo, totale e completo, i miei incubi, ma dato che non c'è dovrò ricacciarli negli angoli e negli interstizi piú oscuri e inaccessibili del mio cervello dove forse verranno finalmente coperti o si perderanno. Ora basta con queste chiacchiere e con queste tiritere puerili, devo andare di sotto ad aiutare la mamma e la nonna. Dobbiamo fare un sacco di cose prima della festa. Su, alzati e scendi.

1° gennaio

Mi sono divertita alla festa di ieri sera. Non avrei mai pensato che gli amici di papà potessero essere cosí interessanti e divertenti. Alcuni di loro hanno parlato di processi vergognosi che sono stati discussi in tribunale e degli incredibili verdetti emessi. Una vecchia multimiliardaria ha lasciato in eredità tutti i suoi soldi a due vecchi gattoni randagi che ora portano al collo dei collari tempestati di diamanti mentre si aggirano per la casa o tendono agguati nei vicoli. Una parte del suo testamento dice che i gatti non devono essere sottoposti a nessun controllo che sia contrario ai loro istinti naturali. Cosí il tribunale ha assunto quattro guardiani che non dovranno perdere di vista i gatti un istante, giorno e notte. Ho il vago sospetto che gli uomini che raccontavano questa storia abbiano un po' calcato la mano dato che era fin troppo divertente, chissà? Forse erano solo dei bravi contastorie.

Alcuni genitori hanno parlato di qualche scherzo dei loro figli e papà, con una punta di orgoglio, ha detto qualche bella parola su di me... pensa!

A mezzanotte ognuno si è messo dei cappelli di carta ed ha cominciato a suonare campanelli, gong, ecc. Poi c'è stato il cenone. La nonna, Tim ed io abbiamo dato una mano.

Non siamo andati a letto che verso le quattro. Questa è stata la parte piú riuscita della serata. Dopo che gli ospiti se ne erano andati, tutta la famiglia, piú Chris, si è messa in pigiama, ha finito di lavare i piatti ed ha messo in ordine la casa in un'atmosfera cosí rilassata e felice da rasentare la perfezione. Il nonno ha lavato i piatti con l'acqua insaponata che gli arrivava fino alle ascelle, cantando con tutta la voce che aveva in corpo. Ha insistito per lavare lui i piatti, con la scusa che la lavastoviglie sarebbe stata troppo lenta con tutte le cose che avevamo da lavare. Papà si muoveva con lena, portava i piatti sporchi in cucina e si leccava le dita. Una scena grandiosa. Chissà se gli ospiti si sono divertiti tanto come la mamma, papà, il nonno, la nonna, Tim ed io? Forse Chris avrebbe preferito essere con i suoi se non fossero andati ad un'altra festa. Questa è una di quelle cose che non si saprà mai. Ma poi a chi interessa?

4 gennaio

Domani ricomincio ad andare a scuola. Mi sembra di esserci stata lontana per anni invece che solo per una parte di un trimestre ma, lasciamelo dire, ora l'apprezzerò di piú. Voglio imparare a *hablar espagnol* come uno spagnolo. Ho sempre pensato che le lingue straniere fossero noiose ma ora capisco l'importanza di comunicare con la gente, con tutta la gente.

5 gennaio

Anche se Chris fa l'ultimo anno, pranziamo ancora insieme. È abbastanza noioso rimettersi in carreggiata.

6 gennaio

Che shock! Oggi Joe Driggs mi è venuto incontro e mi ha chiesto se avevo la roba. Mi ero quasi dimenticata che ancora poco tempo fa ero una spacciatrice. Oh, spero che la voce non si propaghi piú e che presto scompaia. A dir la verità Joe non voleva credere che fossi pulita. Era proprio messo male e mi ha implorato perché gli dessi *qualcosa, qualsiasi cosa*. Spero che George non lo venga a sapere.

7 gennaio

Oggi non si è parlato di droga. Spero che Joe non vada a parlare in giro.

8 gennaio

Io e Chris abbiamo saputo che ci sarà una festa il prossimo week-end e allora ho chiesto alla mamma se Chris potrà passare quei due giorni con me. Sono sicura di non cadere in tentazione ma voglio solamente evitare ogni rischio. Ho anche detto con tutta sincerità alla mamma (in effetti si trattava di una sincerità parziale), che a scuola ci sono parecchi ragazzini svegli che cercano di venderci la roba e che ci farebbe piacere che le nostre famiglie ci aiutassero. La mamma mi è stata grata per la confidenza fattale e ha detto che lei e papà cercheranno di pensare a qualcosa di speciale da fare per i prossimi due week-end e che s'interesserà presso i genitori di Chris per vedere se faranno la stessa cosa per i due successivi. Mi ha riempito di calore sapere che stavamo comunicando, non solo a livello verbale. Ho proprio una gran brava famiglia.

11 gennaio

La mia famiglia, piú Chris, ha trascorso il week-end in montagna. La cosa non avrebbe potuto essere piú perfetta di cosí. Papà si è fatto prestare una casetta di legno da una persona che lavora con lui e, dopo che siamo riusciti a capire cosa bisognava fare per far scorrere l'acqua e per far funzionare il forno ecc. ecc., tutto è andato bene. Ha nevicato durante la notte e tutti noi a turno abbiamo dovuto spalare la neve per liberare la macchina, comunque ci siamo divertiti. Papà ha detto di voler prendere in prestito o di affittare una casa come questa piú di sovente. La villetta è un meraviglioso rifugio da week-end. È strano come riesca sempre a levare qualcuno dai guai quando sente che è giusto farlo.

13 gennaio

George mi ha chiesto di uscire con lui venerdí sera. È un ragazzo abbastanza insignificante ma proprio per questo non rappresenta un pericolo.

14 gennaio

Durante l'ora di pranzo ho incontrato Lane che ha insistito perché gli trovi un nuovo contatto. Il suo fornitore è finito dentro e per convincermi mi ha fatto molto male torcendomi il braccio fino a farlo diventare nero e blu. Mi ha fatto male sul serio e mi ha obbligato a promettere che gli avrei procurato un po' d'erba per stasera. Non so proprio come fare a cavarmela. Chris mi ha suggerito di procurarmela da Joe ma non voglio aver niente a che vedere con quella gentaglia. Ho tanta paura da star male, in effetti sto male.

15 gennaio

La mamma è proprio cara, anche se è all'oscuro di tutto. Ieri sera Lane ha telefonato due volte insistendo per parlarmi ma la mamma ha intuito che c'era qualcosa di poco pulito e gli ha detto che ero ammalata e che non potevo assolutamente venir disturbata. Mi ha persino spinta a restare a casa e a non andare a scuola oggi; te l'immagini lei che mi incoraggia a restare a casa, proprio lei che è sempre stata cosí intransigente in proposito? Ad ogni modo l'apprezzo molto per il suo interessamento. Vorrei solo potermi confidare con lei. E poi mi domando: "Quanto sa Lane della mia storia con Rich?"

17 gennaio

George mi ha accompagnato al ballo della scuola ma è stato un disastro perché Joe e Lane mi hanno braccata per tutta la sera. George voleva sapere quello che stava accadendo e cosí gli ho detto che Lane era geloso perché mi aveva chiesto di uscire ed io gli avevo detto di no. Grazie al cielo il frastuono della musica era forte e cosí non siamo riusciti a chiacchierare molto. Vorrei che mi lasciassero in pace.

20 gennaio

Papà sarà impegnatissimo col lavoro il prossimo weekend e perciò non potremo andar via. In compenso avremo da fare anche noi. La mamma infatti ha detto che mi aiuterà a farmi un nuovo vestito di vinilpelle: sembra pelle vera.

21 gennaio

Gloria e Babs mi sono venute incontro al termine delle lezioni e hanno camminato con me sulla strada di casa. Non sapevo come fare per sbarazzarmi di loro senza essere completamente ostile; vorrei proprio che tutta questa gente si togliesse dai piedi. La mamma ci è passata accanto in macchina nel momento in cui siamo giunte all'incrocio con Elm Street e le ho fatto cenno di fermarsi. Non ne potevo piú! Durante tutto il percorso sulla strada di casa lei ha continuato a ripetermi che Gloria e Babs sono proprio delle ragazze simpatiche e che mi farebbe proprio bene avere molti amici invece di concentrarmi solo su Chris. Oh, se solo lei sapesse...

24 gennaio

Maledizione, maledizione e ancora maledizione! Ci sono ricascata. Non so se gridare di gioia o se indossare un abito di sacco o cospargermi il capo di cenere, checché ciò significhi. Tutti quelli che affermano che hashish e acido non danno assuefazione sono scemi, deficienti, idioti e pazzi completi. Ho cominciato a prenderne il 10 luglio e quando ne sono stata lontana ho provato una fifa matta al solo pensiero di qualcosa che assomigli in qualche modo alla droga. Durante tutto questo tempo ho mentito a me stessa pensando di poterla prendere o di lasciarla a piacimento.

Tutti quegli stupidi idioti di ragazzi che pensano di farsi solo un'esperienza, in realtà vegetano tra un viaggio e l'altro. Dopo averla provata, non c'è piú vita senza droga. È un'esistenza insulsa, incolore, dissonante e vuota. Puzza insomma. E sono felice di aver riattaccato. Felice, felice, felicissima! Non ho mai fatto un viaggio piú bello di quello della notte scorsa. L'ultima volta che la si prende è sempre la migliore, anche Chris è d'accordo. Ieri sera quando mi ha telefonato per chiedermi di andare da lei, sapevo che era successo qualcosa di tremendo. Ho avuto la sensazione che non sapesse cosa fare. Ma quando sono arrivata e ho sentito quell'aroma incredibile, mi sono messa a sedere sul pavimento di camera sua gridando e ho fumato. È stato meraviglioso, splendido e noi che ne avevamo fatto a meno per tanto tempo... Non sarò mai in grado di esprimerne la meraviglia.

Piú tardi ho telefonato alla mamma dicendole che sarei rimasta a dormire da Chris perché si sentiva un po' depressa. Depressa? Nessuno meglio di un iniziato sa il significato autentico della parola euforico!

26 gennaio

Chris si sente un po' in colpa ma io sono felice di essere di nuovo tra gli iniziati. Siamo al mondo e il mondo ci appartiene! Il povero George non potrà far altro che seguire la strada di tutti i borghesucci. È passato a prendermi per darmi un passaggio fino a scuola e la cosa mi ha lasciata indifferente. Non ho piú bisogno di lui neppure come autista.

30 gennaio

Oggi ho parlato con Lane. È un ragazzo fantastico! Si è trovato una nuova fonte e può procurarmi tutto quel che desidero. Cosí gli ho detto che mi piacciono soprattutto le anfetamine. Chi vuole dei barbiturici, che ti buttan giú quando si possono avere delle anfetamine che ti fanno andare in paradiso? Giusto?

6 febbraio

Adesso la vita è proprio incredibilmente bella. Il tempo sembra eterno eppure tutto va in fretta. Magnifico.

P.S. La mamma è proprio contenta ch'io sia nuovamente in auge. Le piace che il telefono squilli per me. Non è incredibile?

13 febbraio

Lane è stato pizzicato ieri sera. Non so come abbiano fatto a scoprirlo ma credo che ne vendesse troppa e troppo in fretta ai suoi teneri bambinelli. Grazie a Dio non c'ero. Visto che sono cosí dolce, innocente e ingenua, i miei genitori non mi danno il permesso di far tardi la sera durante la settimana. Vogliono proteggermi dall'orco. Non mi do troppo pensiero per Lane. Ha appena compiuto sedici anni e perciò non dovrebbe aver troppe noie con la giustizia. È probabile che lo sculaccino solo un po'.

18 febbraio

Con Lane in libertà provvisoria, la nostra fonte si è un po' prosciugata, ma io e Chris siamo piene di risorse. Ci arrangiamo insomma.

Penso che finirò per prendere la pillola. È molto piú facile che starsi sempre a preoccupare. Scommetto che è piú difficile procurarsi la pillola che la droga, il che basta a dimostrare quant'è fottuto questo mondo!

23 febbraio

Caro diario,

accidenti che fifa! Ieri sera la polizia ha fatto irruzione a casa di Chris mentre i suoi e sua zia erano fuori. Io e Chris siamo state bravissime a fingere. Il poliziotto, alto e grosso, è rimasto lí, in piedi, scuotendo il capo, mentre io e Chris giuravamo sui nostri genitori che era la prima volta che lo facevamo e che niente di grave era successo. Per fortuna la polizia è arrivata mentre eravamo ancora "presenti." Ma come hanno fatto a sapere che eravamo là?

24 febbraio

Questa è la cosa piú buffa che abbia mai sentito: la mamma è preoccupata e accenna a mezze parole, visto che non sa decidersi ad usare quelle vere, alla possibilità che qualcosa di grave possa esser accaduto alla sua bambina. Vuole che mi vada a far visitare dal dottor Langley, non è buffo?

Mi ci è voluto un po' a fingere ignoranza e innocenza spalancando gli occhi al massimo. Ho fatto finta di non sapere neppure di che cosa parlasse e, ci crederesti? ha chiuso la discussione sentendosi colpevole anche solo di aver sospettato di una cosa del genere.

(?)

Siamo tutti in libertà vigilata e cosí non possiamo vederci. A partire da lunedí prossimo la mamma e papà mi manderanno da qualcuno che dovrebbe mettermi la testa a posto. Forse ciò fa parte del compromesso per tenermi lontana dal tribunale. C'è una voce in giro secondo cui Lane è stato mandato da qualche parte, probabilmente in una scuola super vigilata e completamente "asciutta." Questa è la terza volta che finisce dentro. Non lo sapevo. Be', almeno non potrà pensare che io c'entri per qualcosa, perché sono rimasta incastrata anch'io in questa storia. Questa è la prima volta che vengo incriminata. Mi è andata proprio bene.

27 febbraio

Se si guarda al modo con cui la mamma e papà mi controllano si potrebbe credere che ho sei anni. Mi obbligano a tornare direttamente a casa da scuola come se fossi una neonata. Quando sono uscita stamattina le parole pronunciate dalla mamma sono state: "Torna immediatamente a casa dopo la scuola." Accidenti. Come se andassi a stonarmi alle tre e mezza. Mica male questa idea...

Piú tardi

Dopo cena stavo per fare due passi fino al drugstore a comprare un po' di matite colorate per finire una carta geografica e, proprio mentre uscivo, la mamma ha chiamato Tim e gli ha detto di accompagnarmi. È troppo! Farmi controllare dal mio fratellino! A lui non andava molto piú che a me. Ho avuto la mezza tentazione di dirgli perché la mamma voleva che uscisse con me. Gli sarebbe stato bene. L'avrebbero meritato tutti loro. So bene quel che dovrei fare, dovrei iniziare anche lui. Forse lo farò! Forse gli farò fare un viaggio con un pezzetto di caramella. Alla grande! Vorrei solo esser sicura che il viaggio gli andasse a finir male.

1° marzo

Sto per scoppiare. Tutta questa messa in scena comincia ad annoiarmi al punto che i miei nervi stanno andando in pezzi. Non posso quasi neppure andare al gabinetto da sola.

2 marzo

Oggi sono andata da quello che dovrebbe mettermi la testa a posto, un uomo piccolo, brutto e grasso che non ha neppure il fegato di cercar di dimagrire. Amico, per poco non gli raccomandavo un po' di anfetamine; gli toglierebbero l'appetito gasandolo allo stesso tempo. È probabile che abbia bisogno di questo lui che ti guarda sopra gli occhiali in attesa che gli racconti qualche torbido dettaglio. Lui è una delle cose peggiori che mi siano mai capitate.

5 marzo

Jackie mi ha passato un paio di cosette durante l'ora d'inglese mentre stava consegnando il compito in classe. Stasera dopo che tutti saranno andati a letto mi stonerò da sola. Non vedo l'ora!

(?)[1]

Eccomi a Denver. Mentre ero cotta, non ho fatto altro che uscire di casa e far l'autostop fino a qui, ma adesso tutto è cosí pazzamente tranquillo da sembrare irreale. Ma forse è semplicemente troppo presto. Lo spero. Con me ho solo i venti dollari che ho preso dai pantaloni di papà. Altre risorse, zero.

(?)

Vivo in un appartamento con un paio di ragazzi che ho incontrato. Pensano che sia piuttosto noioso qui e cosí siamo in partenza per l'Oregon per vedere quel che accade a Coos Bay. Abbiamo acido a sufficienza per stonarci per un paio di settimane o per sempre, conta solo questo.

[1] Il materiale che segue non ha date. È stato scritto su fogli staccati, sacchetti di carta ecc. [*N.d.E.*]

... marzo

Con me ho solo gli abiti che avevo addosso quando sono fuggita da casa e mi sento talmente sporca da credere che sono diventati parte di me. Nevicava a Denver ma qui nell'Oregon c'è un'umidità che ti penetra nelle ossa, il che è peggio dal mio punto di vista. Mi sono beccata un fottutissimo raffreddore di testa, mi sento distrutta, mi sono iniziate le mestruazioni e non ho neppure un Tampax. Perdio, vorrei proprio farmi una puntura di qualcosa.

(?)

Ieri notte ho dormito al parco rannicchiata sotto un cespuglio, oggi viene giú un'acqua fina fina e non riesco a trovare nessuno dei ragazzi con cui sono venuta qui da Denver. Alla fine sono andata in una chiesa e ho chiesto al sagrestano, o a chi per lui, cosa dovevo fare. Mi ha detto di fermarmi lí finché non avrebbe smesso di piovere e poi di andare da qualche organizzazione del tipo Esercito della Salvezza. Penso di non aver altra scelta perché so d'aver la febbre, d'esser bagnata fradicia e cosí sporca e puzzolente che mi faccio schifo. Sto cercando di usare dei tovaglioli di carta invece dei Tampax e, amico, questa è proprio una scocciatura. Ah, se solo avessi una pastiglia d'anfetamina.

Questa chiesa è proprio bella. Piccola, tranquilla e pulita. Mi sento terribilmente fuor di posto qui e la solitudine mi pesa tanto che voglio uscire. Penso che dovrò cercare la missione, o come diavolo si chiama, sotto la pioggia. Spero solo di non perdere questi benedettissimi asciugamani di carta nel bel mezzo della strada.

Piú tardi

Questo è proprio un posto meraviglioso! Davvero! Mi hanno lasciato fare una doccia, mi hanno dato un po' di vecchi abiti da "persona normale," qualche tampone e un po' di cibo anche se gli ho detto di non aver nessuna intenzione di uniformarmi alle loro ferree regole. Vorrebbero che rimanessi qui per qualche giorno, lasciando a loro il compito di prender contatto coi miei genitori per trovare una soluzione che possa superare le differenze che ci sono tra di noi. Ma i miei genitori non hanno nessuna intenzione di lasciarmi prendere l'acido o l'erba, né io di smettere di prenderli. Quest'uomo è stato proprio gentile. Mi accompagnerà in macchina in una clinica per farsi dare qualcosa per il mio raffreddore. Mi sento proprio a terra e forse un buon dottore mi darà qualcosa che mi faccia bene, per esempio, ... qualunque cosa. Vorrei che quell'altro stupido si sbrigasse a finire quel che sta facendo, cosí potremmo andare.

Siamo da capo, checché significhi questo daccapo. Nella sala d'aspetto del dottore ho incontrato una ragazza, Doris, che mi ha invitato a dividere il suo appartamento con lei dato che la coppia con cui viveva e il suo ragazzo se ne sono andati durante la notte. Poi il dottore mi ha fatto un'iniezione e mi ha dato una bottiglia di vitamine, te l'immagini?, vitamine! Lui ha detto che fisicamente sono in cattive condizioni proprio come la maggior parte dei ragazzi che visita. Comunque è stato gentile. Sembrava proprio che il mio caso gli stesse a cuore e mi ha detto di tornare tra qualche giorno. Gli ho detto di non aver grana, lui si è messo a ridere e mi ha risposto che si sarebbe sorpreso del contrario.

(?)

Finalmente 'sta pioggia rognosa se n'è andata. Io e Doris abbiamo fatto un giro per Coos Bay. Ci sono proprio dei bellissimi negozi! Le ho parlato del posto che avevamo aperto io e Chris. Anche Doris vorrebbe metter su un negozio appena avremo un po' di grana ma, ad esser sincera, la cosa non m'interessa piú molto. Doris ha un barattolo pieno d'erba, abbastanza per farci tanti spinelli che ci bastino per un sacco di tempo. Eravamo mezze che fatte e tutto ci sembrava bello anche se mi sento ancora giú.

(?)

È proprio bello esser al mondo. Amo Coos Bay e anche l'acido. La gente qui, almeno in questa zona della città, è magnifica. Capisce la vita e anche me. Posso parlare come voglio, vestirmi come voglio e nessuno ci fa caso. Ci si diverte anche solo a guardare i posters nelle vetrine dei negozi e persino ad andare a spasso vicino alla stazione degli autobus a vedere chi arriva. Siamo passate accanto a un negozio dove producono e vendono posters e voglio aiutare Doris a ricoprire le pareti di casa sua di manifesti non appena riusciremo a rimediare un po' di soldi. Ci siamo fermate in un caffè, al magazzino dei Diggers,[1] e al negozio psichedelico. Domani andremo a vedere il resto. Doris è qui da un paio di mesi e conosce tutto e tutti. Sono rimasta di sasso quando ho saputo che ha solo quattordici anni. Pensavo che ne avesse diciotto, diciannove, anche se mi sembrava piccola e immatura.

[1] Si tratta di un gruppo nato a San Francisco intorno al '66 sull'esempio, e con lo stesso nome, di alcuni immigrati inglesi del '700. Sono di tendenze anarchiche e auspicano la creazione di comunità dove tutto sia gratuito e libero. Dopo il '68 si sono sparsi in varie località degli Stati Uniti creando delle comuni. [*N.d.T.*]

(?)

La notte scorsa Doris era proprio giú. Abbiamo finito l'erba e i soldi. Siamo tutte e due affamate e questa pioggia maledetta ha ricominciato il suo vomito. L'appartamentino ha un fornello a gas ad un solo fuoco e non riesce a riscaldarlo. Le mie cavità auricolari e nasali (lo vedi? sono colta, guardo anch'io la televisione, o meglio la guardavo) mi danno la sensazione d'esser piene di cemento e mi sembra che il petto mi sia stato fasciato con una benda d'acciaio. Dovremmo andare da qualche parte per cercare di scroccare un pasto o per grattare qualcosa ma con questa pioggia non vale la pena tentare e cosí credo che saremo costrette a mangiare ancora pasta o fiocchi d'avena e di frumento. Abbiamo parlato di quanto odiamo i turisti, i fasulli e i mendicanti che vengono qui ma domani andrò ad ingrossarne le fila per farmi un po' di grana con la questua. Cosí potremo comprarci un po' di cibo e farci una dose. Sia io che Doris ne abbiamo proprio bisogno.

(?)

Oh, essere fatta, aver qualcuno che mi liberi con una dose di qualcosa. Ho sentito dire che i paregorici sono magnifici. Oh, all'inferno. Vorrei averne abbastanza per metter fine a questo casino.

Ho dormito e non so se è lo stesso giorno, settimana o anno, ma poi chi se ne frega?

Oggi piove anche piú di ieri. È come se tutto il cielo ci stesse pisciando addosso. Ho cercato di uscire una volta, ma il mio raffreddore va cosí male che mi sono gelata anche il culo prima ancora di giungere a quel maledetto angolo della strada, cosí sono tornata indietro e mi sono buttata a letto vestita cercando di rannicchiarmi al massimo con la speranza che il calore del mio corpo mi salvasse dalla morte. Penso di avere un febbrone da cavallo perché non ho fatto altro che lasciarmi andare alla deriva. La febbre è l'unica benedetta cosa che m'impedisce di tirare le cuoia. Oh, ho cosí bisogno di una dose! Ho voglia di urlare, di sbattere la testa contro il muro, di arrampicarmi su queste tende polverose, sbiadite e sfilacciate. Devo andarmene di qui, devo togliermi dai piedi prima di andare completamente nel pallone. Ho paura, sono sola e sto male. Non sono mai stata cosí male in vita mia.

Ho cercato d'impedirmi di pensare a casa finché Doris non ha attaccato a parlare della sua vita incasinata e ormai sto andando veramente in pezzi. Dio mio, se avessi dei soldi potrei ritornare a casa o almeno telefonare. Domani tornerò a quella chiesa e chiederò a qualcuno di telefonare ai miei. Non so perché mi sono comportata cosí stupidamente quando le mie faccende erano messe tanto bene. La povera Doris non ha ricevuto che merda da quando aveva dieci anni. Sua madre si è risposata quattro volte prima che lei avesse dieci anni, e si era data da fare con chissà quanti altri uomini tra un marito e l'altro. Quando Doris aveva appena compiuto undici anni, il suo patrigno in carica cominciò a portarsela a letto e la povera piccola bastarda non sapeva come uscirne fuori perché lui aveva minacciato di ucciderla se lei ne avesse parlato a sua madre o a qualcun altro. Cosí ha dovuto sopportare che quel figlio di puttana la portasse a letto finché non ebbe compiuto dodici anni. Un giorno poi che le aveva fatto molto male, spiegò alla sua professoressa di ginnastica perché non poteva fare gli esercizi. L'insegnante fece in modo che lei venisse sottratta alla famiglia e messa in un riformatorio fino al momento in cui le sarebbe stata trovata una casa adottiva. Ma anche quella soluzione non si rivelò migliore perché tutti e due i suoi fratellastri adolescenti se la fecero e piú tardi una ragazza, piú vecchia di lei, la fece entrare nel giro, la iniziò, e infine le fece conoscere le vie di Lesbo. Da allora ha mollato completamente, è andata a letto senza pensarci con qualsiasi persona che tirasse giú le coperte o almeno qualche... lenzuolo del suo letto. Oh Dio mio, devo assolutamente andarmene da questo pozzo nero che mi sta risucchiando per soffocarmi! Devo assolutamente squagliarmela finché posso. Domani! Domani lo farò di certo! Quando cesserà di piovere.

(?)

Ma chi se ne frega? Alla fine 'sta pioggia ha deciso di non cadere piú! Il cielo è di un azzurro da definizione scientifica cosa che, per quel che ne so, non accade spesso in questa zona. Io e Doris ce la batteremo presto da questo posto fottuto e noioso. Presto ci sarà un gran raduno in una località della California meridionale. Alla grande! Arriviamo!

(?)

Non ne posso proprio piú, letteralmente. Ho una gran voglia di vomitare su questo mondo di merda. È stato un camionista, grande e grosso, gran fottitore di bimbi, a darci un passaggio per quasi tutto il viaggio. Godeva un sacco a far male a Doris e a guardarla piangere. Quando si è fermato a far benzina siamo sgattaiolate fuori dal camion anche se lui ci aveva minacciato di non farlo. Amico, che razza di stupratore. Alla fine abbiamo trovato un altro passaggio con gente del nostro tipo che ha spartito l'erba che aveva, con noi. Doveva essere roba fatta in casa perché era cosí debole che siamo riuscite a malapena a decollare.

(?)

Il raduno è stato magnifico, con acido, alcool e erba gratis come l'aria. Ancora adesso i colori mi sgocciolano addosso e il vetro rotto è stupendo. Questa vita è magnifica. È cosí stupendamente bella che riesco appena a tollerarla. La onoro con la mia presenza. Tutti gli altri non fanno che rubare spazio, maledetta gente stupida. Mi piacerebbe ficcargli la mia vita in gola e poi, forse, capirebbero che cosa significa vivere.

Vicino alla porta una grassona coi capelli biondi, lunghi e arruffati, con un abito lungo viola a disegni verdi, si sta mettendo in ginocchio. Con lei c'è un ragazzo con un anello infilato nel naso e dei disegni multicolori sulla testa rasata. Non fanno che dirsi "amore." È bellissimo guardarli. Colori mescolati a colori, gente mescolata a gente. Colori e gente che fanno all'amore.

(?)

Non so piú che cosa, quando, dove o chi io sia. So solo di essere, in questo istante, una sacerdotessa di Satana che cerca di controllarsi dopo un "volo" per dimostrare come ognuno dei presenti sia veramente libero e per prendere i voti.

Caro Diario,

sono proprio incavolata con tutti. Mi sento confusa. Fino ad ora qui con gli uomini mi sono comportata da perfetta *digger*, ma adesso quando mi capita di guardare una ragazza è come se fosse un ragazzo. Mi eccito e mi viene una gran voglia: una gran voglia di fare all'amore con la ragazza, capisci? poi mi innervosisco e ho fifa. Da un lato mi sento bene e dall'altro male. Voglio sposarmi e mettere su famiglia, ma ho paura. Preferirei essere amata da un uomo piuttosto che da una donna. Preferirei far l'amore con un uomo ma non gliela faccio. Credo d'aver fatto un viaggio un po' cattivo. Alle volte vorrei che una delle ragazze mi baciasse. Vorrei che mi toccasse, che s'addormentasse sotto di me, ma poi mi sento un mostro. Poi penso a mia madre. Immagino di gridare rivolta a lei dicendole di fare un po' di posto nel suo letto perché torno a casa e mi sento un uomo. Poi mi sento male e mi accontenterei di chi capita a tiro per andarmene fuori a fare all'amore. Mi sento male. Non posso proprio farlo.

Caro Diario,

Mille anni luce piú tardi, ora lunare.

Tutti hanno raccontato la loro storia tranne me. La mia storia non è degna di essere raccontata. Tutto quello che posso fare è disegnare figure di mostri, di organi interni e odiare.

(?)

Altro giorno, altra succhiata. La pula ha dato un giro di vite e in città non se ne trova piú. Se non mi decido a fare un altro servizio a Culone, lui mi taglierà i rifornimenti. Maledizione, mi sento tremare dentro piú di quel che già tremo di fuori. Che razza di bastardo è il mondo senza droga. Quel lercio spacciatore che vuol portarmi a letto sa che ho bisogno folle di un po' di droga, ma dà via col contagocce l'unica scorta che conosce. Sono quasi pronta ad andare a letto con signori, ricchi filistei, o chicchessia pur di farmi una buona iniezione. Quel Culone maledetto mi fa fare quel certo lavoro prima di darmi un po' di droga. Qui sono tutti stesi per terra come morti e Little Jacon sta gridando: "Mamma, papà non può tornare subito. Sta pompando Carla." Devo assolutamente andar via da questo buco di merda.

(?)

Non so che cavolo di ora, giorno, o anche anno sia. E nemmeno in che città mi trovo. Forse ho perso conoscenza per un po' oppure m'hanno dato della droga cattiva. La ragazza che è qui sull'erba accanto a me è pallida, assomiglia a Monna Lisa ed è incinta. Le ho chiesto cosa vuol fare del bambino, la sua risposta è stata: "Sarà di tutti. Ce lo divideremo tra di noi."

Volevo andare a cercare qualcuno che ne aveva, ma la storia del bambino mi ha proprio turbata. Cosí le ho chiesto se aveva una pastiglia di anfetamina al che lei ha scosso la testa, vuota, rincretinita e ho capito che è completamente bruciata. Dietro a quella bella faccia stonata c'è solo un gran mucchio di cenere spenta e lei è lí, stesa come uno stronzo secco, che non riesce a far niente.

Be', almeno io non sono bruciata e neppure incinta. O forse lo sono. Non avrei potuto prendere la pillola neanche se lo avessi voluto. Nessuna donna che si droga può prendere la pillola perché non ha piú la nozione del tempo. Cosí, forse, sono incinta. Chi se ne frega! Da queste parti c'è un ragazzo che ha piantato medicina. Se ne occuperà lui. Oppure forse qualche stronzo, completamente fatto, mi verrà addosso e lo perderò in ogni caso. È anche possibile che quella figlia di puttana della bomba atomica venga sganciata domani. Chi lo sa?

Quando mi guardo intorno e vedo tutti 'sti lavativi penso proprio che siano un branco di fifoni imbambolati. Ci incazziamo quando qualcuno ci dice quel che dobbiamo fare ma poi non sappiamo cosa fare se non c'è qualche bastardo che ce lo dice. Che ci sia qualcuno che pensi per noi, lavori per noi e agisca per noi? Costruiscano pure case, automobili, strade! Facciano pure funzionare luce, gas, acqua e fogne! Noi resteremo semplicemente qui, seduti sulle nostre chiappe piene di bolle, la mente che esplode e le mani protese. Dio mio, parlo come un onesto membro del sistema, e non ho neppure una pillola per eliminare questo sapore dalla bocca o per sbarazzarmi di questi pensieri di merda.

Quando?

Una goccia di pioggia mi è appena caduta in fronte, proprio come una lacrima che giunge dal cielo. È possibile che le nuvole e i cieli mi piangano addosso? È forse possibile che anche Dio pianga per me? Sono davvero sola in questo mondo sconfinato e grigio? Oh, no... no... no... sto diventando pazza. Ti prego Dio, aiutami.

(?)

Quando guardo il cielo riesco a capire che è mattina presto. Ho letto un giornale che il vento ha fatto volare fino a me. C'era scritto che una ragazza ha avuto un bambino qui nel parco, che un'altra ha abortito e che due ragazzi, non ancora identificati, sono morti durante la notte per via di una dose eccessiva. Come avrei voluto essere una di loro!

Un altro giorno

Finalmente ho parlato con un vecchio prete che capisce i giovani. Abbiamo avuto una lunghissima conversazione sul perché i giovani fuggono di casa, poi ha telefonato a mia madre e a mio padre. Mentre aspettavamo la comunicazione, mi sono guardata allo specchio. Non riesco a credere d'esser cambiata cosí poco. M'aspettavo di vedermi vecchia, vuota e grigia, ma credo d'essermi raggrinzita e deteriorata solo dentro. La mamma ha risposto al telefono in soggiorno e papà è corso di sopra ad ascoltare con l'altro telefono, e tra tutti e tre per poco non affogavamo di lacrime la linea. Non riesco a capire come fanno ad amarmi, a volermi ancora, ma è vero. È vero! È vero! Erano felici di avere mie notizie e di sapere che stavo bene. Non ci sono state recriminazioni, rimproveri, prediche o cose del genere. È strano che ogni volta che mi succede qualcosa papà lascia tutto per venirmi a prendere. Se facesse parte di una missione di pace che discute sui destini dell'umanità di tutte le galassie, l'abbandonerebbe per venire da me. Mi ama! Mi ama! Mi ama! Mi ama davvero! Vorrei poter amare me stessa. Non so come ho fatto a trattar cosí la mia famiglia. Ma voglio restituirle tutto, ho chiuso con tutto questo schifo. Non voglio piú parlare, scrivere o pensare alla droga. Voglio passare il resto della mia vita a fare quel che loro desiderano.

Caro diario,

non riuscivo ad addormentarmi e cosí sono andata in giro per le strade. Sembro una persona per bene perché non voglio passare per una hippie quando arriveranno i miei genitori. Mi sono tirata i capelli indietro, a coda di cavallo, e ho scambiato i vestiti con quelli della ragazza piú normale che abbia potuto trovare.

Ai piedi ho un paio di scarpe da tennis bianche che ho trovato in un rigagnolo. All'inizio i ragazzi con cui ho parlato al bar mi sono sembrati un po' nervosi per via del mio abbigliamento, ma quando gli ho detto di aver telefonato ai miei perché mi vengano a prendere tutti mi sono sembrati contenti.

Mi sembra incomprensibile che per tutto il tempo che io e Chris siamo rimaste a Berkeley non abbiamo scoperto niente di quel che i ragazzi hanno in testa. È stato come mettere a nudo il vuoto di ciascuno di loro. Questa notte sono venuta a sapere tutto di Mike, Marie, Heidi, Lilac, e di molti altri. Forse finirò il resto delle pagine scrivendo di loro ma la cosa non mi preoccupa perché, quando andrò a casa, voglio comprarmi un quaderno tutto nuovo e pulito. Tu, mio caro diario, sarai il mio passato. Quello nuovo il mio futuro. Cosí adesso devo fare in fretta a scrivere della gente che ho incontrato stanotte. Per esempio, non è incredibile che ci siano tanti genitori e tanti ragazzi che litigano per i capelli? I miei genitori mi hanno sempre scocciata per i miei. Volevano che me li arricciassi, che li tagliassi, che non li portassi davanti agli occhi, che li legassi dietro la schiena, ecc. ecc. ecc. A volte penso che questo sia stato l'osso piú grande per cui abbiamo lottato. Ho incontrato Mike al bar e, dopo avergli spiegato la mia situazione e la mia curiosità del momento, intesa a capire perché i ragazzi fuggono da casa, lui mi ha aperto il cuore dicendomi che anche nel suo caso i capelli erano stati uno dei motivi dei suoi scontri in famiglia. In effetti suo padre si era arrabbiato tanto con lui da raparlo due volte e da tagliargli anche i basettoni. Mike ha detto anche che i suoi genitori gli portavan via tutta la sua libertà e la sua capacità di prendere decisioni. Si stava disumanizzando, meccanicizzando, forzato com'era ad entrare nello stampo voluto da suo padre. Non poteva nemmeno decidere quali corsi seguire a scuola!

Diceva di voler studiare arte ma, per i suoi genitori, gli artisti sono solo dei deboli e dei vagabondi. Alla fine è fuggito per conservare personalità e integrità mentale. Ho parlato a Mike della chiesa e dei loro sforzi per cercare un accordo nuovo e umano tra me e i miei genitori. Spero che ci vada anche lui.

Poi ho parlato con Alice che ho incontrato mentre sedeva, imbambolata, sul marciapiede. Non sapeva se fuggiva da qualcosa o verso qualcosa ma ha ammesso che, in fondo al cuore, desiderava andare a casa.

Gli altri ragazzi con cui ho parlato, quelli che avevano una casa, avrebbero voluto tornarci ma non se la sentivano perché ciò avrebbe significato abbandonare la loro identità. Tutto questo mi ha fatto pensare alle centinaia di migliaia di ragazzi che sono fuggiti di casa e che vagano per il paese. Da dove vengono? Come fanno a trovare un posto per dormire? Molti di loro non hanno un soldo e non sanno dove andare.

Voglio diventare un'assistente sociale per bambini quando finisco di studiare. Ma forse sarebbe meglio che diventassi una psicologa. Almeno sarei in grado di capire cosa vogliono i ragazzi e forse ciò compenserebbe un poco quel che ho fatto a me e alla mia famiglia. Forse è giusto ch'io abbia dovuto soffrire tanto. Cosí sarò piú tollerante e comprensiva nei confronti del resto dell'umanità.

Oh caro, meraviglioso, fidato, amico diario, farò esattamente cosí. Passerò il resto della mia vita ad aiutare le persone che sono come me! Mi sento cosí bene e cosí felice. Alla fine ho trovato qualcosa da fare per il resto della mia vita. Alla grande! Ho chiuso anche con la droga. Ho preso quelle forti solo poche volte e non mi piacciono. Non mi piace nessuna droga. Quelle che ti tiran su o quelle che ti tiran giú. Ho chiuso con tutto questo casino. Assolutamente, completamente e per sempre ho chiuso.

Piú tardi

Ho appena finito di leggere la roba che ho scritto durante le ultime settimane e sono quasi affogata nelle mie stesse lacrime, soffocata, sommersa, inondata, sopraffatta. Sono delle bugie! Un'amara, malvagia, maledetta menzogna! Non avrei mai potuto scrivere delle cose simili! Non avrei mai potuto fare delle cose cosí! Era un'altra persona, qualcun altro! Doveva esserlo! Lo era davvero! Qualche persona malvagia, trista e degenerata ha scritto nel mio libro, si è impadronita della mia vita! Sí, sí, qualcuno l'ha fatto! Ma proprio mentre scrivo so che sto dicendo una bugia ancor piú grande! Davvero? È possibile che la mia mente sia stata danneggiata? È stato solo un incubo che sembra vero? Mi sa che ho fatto una gran confusione tra cose che sono vere e cose che non lo sono. Ma questa non è tutta la verità. Devo essere pazza.

Mi sono lamentata sino al punto di disidratarmi, ma il chiamare me stessa una povera disgraziata, un essere umano miserabile, buono a nulla, disgraziato, gretto, malvagio, miserando, sfortunato, triste, tormentato, afflitto, spregevole, disonorato, deplorevole non mi aiuterà di certo. Ho due possibilità: o suicidarmi o cercare di modificare la mia vita aiutando gli altri. Questo è il sentiero che dovrò seguire perché non posso causare altre disgrazie e sofferenze per la mia famiglia. Non c'è niente altro da dire, caro diario, eccetto che amo te, la vita e Dio. Oh, sí. Li amo davvero.

Diario numero due

6 aprile

Che momento magnifico è quello in cui si inizia un diario nuovo e una vita nuova! È primavera. Sono di nuovo a casa con la mia famiglia. Il nonno e la nonna torneranno qui per un'altra riunione con la figlia prodiga. Tim e Alexandria non sono affatto cambiati e tutto procede benissimo! Non ricordo chi ha scritto "Dio è in cielo e tutto procede bene in terra" ma questo è esattamente quel che sento.

Ogni persona che ha provato il bisogno disperato di tornare a casa conosce l'incredibile sentimento che si prova a giacere nel proprio letto! Il mio cuscino! Il mio materasso. Il mio vecchio specchio d'argento. Tutto questo sembra talmente stabile, vecchio e nuovo allo stesso tempo! Ma sarò piú in grado di sentirmi completamente nuova? Oppure passerò il resto della mia vita con la sensazione d'essere una malattia ambulante?

Quando diventerò assistente sociale voglio provare a far capire ai ragazzi che cominciare a prendere la droga non vale la merda che ne segue. Sicuro, è magnifico e divertente fare dei viaggi, non potrò mai negare che sia cosí. È eccitante, colorato e miracoloso, ma non ne vale la pena. Non ne vale semplicemente la pena! Ogni giorno, per il resto della mia vita, avrò paura di ricascarci e di diventare qualcosa che semplicemente non voglio essere! Dovrò combatterlo ogni giorno per il resto della mia vita e spero che Dio mi aiuti. Spero di non aver rovinato la vita di nessuno tornando a casa. Non sarebbe stato meglio per Tim e Alex se fossi rimasta lontana?

7 aprile

Oggi io e Tim abbiamo fatto una lunga passeggiata nel parco. Gli ho parlato onestamente della droga e dopo tutto lui ha tredici anni e conosce dei ragazzi che fumano l'erba a scuola. Naturalmente non sono andata a raccontargli i dettagli del mio passato, ma abbiamo parlato delle cose importanti della vita come la religione, Dio, i nostri genitori, il futuro, la guerra e tutte quelle cose di cui i ragazzi parlano quando sono stonati. È stata una cosa diversa e proprio bella. Tim ha una visione della vita cosí chiara, decente e onorata! Sono felice che sia mio fratello. Sono orgogliosa che sia mio fratello! Gli sono grata di farsi vedere in giro con me. Infatti tutti sanno che sono andata dentro e che sono scappata via. Ragazzi, ho proprio scombussolato bene la mia vita! Tim ed io riusciamo a comunicare e lui dice di poter superare piuttosto bene le differenze col papà e la mamma. È molto indulgente quando considera la loro condizione di genitori e cerca di vedere le cose dal loro punto di vista. È proprio una persona speciale. Mi domando in che misura io sia responsabile per la sua visione della vita cosí matura. So che deve aver pensato parecchio mentre ero via, e il papà e la mamma stavano diventando pazzi per il dolore, l'ansia e il timore. Accidenti che razza di idiota sono stata!

8 aprile

Oggi sono arrivati il nonno e la nonna. Siamo andati a prenderli all'aeroporto e io mi sono messa a piangere come una scema. Sembrano molto invecchiati; la colpa di ciò è per buona parte mia. Il nonno è completamente grigio e la faccia della nonna è solcata da rughe molto profonde che non aveva l'ultima volta che l'ho vista. È possibile che abbia potuto provocare tutto questo in un mese? Mentre andavamo a casa in macchina il nonno mi ha grattato la schiena com'era solito fare quando ero bambina, e mi ha sussurrato che l'unica cosa che dovevo fare era quella di perdonare me stessa. È un uomo estremamente buono e voglio tentare di fare quel che lui mi dice, anche se non sarà facile. Devo cercare di farli sentire nuovamente orgogliosi di me.

Piú tardi

Non riuscivo ad addormentarmi e cosí mi sono alzata per fare un giro attorno alla casa. La gatta di Alex ha appena avuto i micini ed io mi sono seduta nel portico a fissarli. È stata una rivelazione! Senza droghe! Solo con dei gattini che hanno un pelo talmente morbido che è come se tutta la morbidezza del mondo vivesse in loro. Erano cosí soffici che quando chiudevo gli occhi non ero neppure sicura di toccarli. Mi sono messa il micino grigio, che si chiama Felicità, vicino all'orecchio. Potevo sentire il calore del suo corpicino e ascoltare le sue incredibili fusa. Poi lui si è messo a succhiarmi l'orecchio, quasi mi avesse scambiato per sua madre, e la sensazione che ne ho ricavato era cosí enorme che ho pensato di stare per svenire. Era meglio di ogni viaggio con la droga, mille volte meglio, un milione di volte meglio, un trilione di volte meglio. Queste sí che sono cose autentiche! La sua morbidezza non era un'allucinazione; i rumori della notte, le macchine che passavano accanto a casa sibilando, i grilli. Ero lí in carne ed ossa. Li ho uditi! Li ho visti e li ho provati! Voglio che la mia vita sia sempre cosí! Sarà cosí, non ci sono dubbi!

9 aprile

Oggi sono tornata a scuola e sono stata immediatamente convocata nell'ufficio del preside. Mi ha informato di avere una documentazione completa del mio comportamento, e ha aggiunto che ero un esempio disgustoso di giovane donna americana. Poi mi ha detto che ero totalmente egoista, indisciplinata e immatura, che non mi sarebbe stata perdonata alcuna mancanza. Quindi mi ha mandato in classe quasi che fossi spazzatura gettata in un immondezzaio. Che razza di imbecille!

Se ho mai avuto dei dubbi di darmi alla psichiatria o di diventare assistente sociale, ora non li ho piú. I ragazzi hanno bisogno di individui comprensivi, attenti, solleciti. Hanno bisogno di me! La prossima generazione ha bisogno di me! E quel povero stupido idiota d'un uomo che, con ogni probabilità, ha cacciato da scuola centinaia di ragazzi, mi ha fatto sentire personalmente sfidata. Lui potrà costringere altri ragazzi ad andarsene, ma non me. Stanotte ho studiato per quattro ore e voglio continuare a lavorare un sacco finché non mi sarò rimessa in pari. Anche se dovrò lavorare sette o otto ore per notte!

Ci vediamo.

10 aprile

Adesso che ho uno scopo da raggiungere mi sento molto piú forte. Mi sento ogni giorno piú forte. Forse ora potrò resistere alla tentazione di drogarmi invece di ripeterlo meccanicamente come facevo prima.

11 aprile

Caro diario,

non vorrei parlarti di questa faccenda perché voglio cancellarla dalla mia mente per sempre, ma sono cosí terrorizzata che forse, se te lo dico, non mi sembrerà cosí orribile. Oh, diario, ti prego, aiutami. Ho una gran fifa. Ho tanta fifa che ho le mani appiccicose e tremo tutta.

Credo d'aver avuto una specie di *flashback* perché, mentre ero seduta sul letto a far progetti per il compleanno della mamma e pensavo solo al regalo a sorpresa da farle, la mente mi si è annebbiata. Non posso spiegarlo bene ma ho avuto la sensazione che la mente rotolasse all'indietro, come se si stesse ripiegando su se stessa, e non riuscivo a fermarla. La stanza era piena di fumo e pensavo di trovarmi in una specie di droghenlandia. Stavamo lí, in piedi, a leggere gli annunci di cianfrusaglie usate e d'ogni tipo di proposte sessuali possibili e immaginabili, quando sono scoppiata a ridere! Mi sentivo magnificamente. Ero la persona piú alta del mondo, guardavo in basso verso la gente: il mondo aveva angoli e ombre strane.

Poi, all'improvviso, tutto è mutato diventando una specie di film underground. L'azione procedeva lenta e pigra, le luci erano alquanto strane. Ragazze nude ballavano facendo all'amore con delle statue. Ricordo una ragazza che passava la lingua su una statua che poi prese vita e portò la giovane nell'erba alta e blu. Non riuscivo a vedere esattamente quel che accadeva ma era ovvio che la stesse prendendo. Mi sentivo cosí sessualmente eccitata che volevo liberarmi e correre dietro alla coppia. Nella sequenza seguente, c'ero io che, ritornata sulla strada, chiedevo l'elemosina mentre tutti noi gridavamo ai turisti: "Ehi voi, superdotati sessualmente, spero abbiate un buon orgasmo stanotte col vostro cane."

Poi ho avuto la sensazione di soffocare e di trovarmi su in alto, abbagliata da luci e fari ruotanti. C'era un carosello di oggetti. Ero una stella filante, una cometa che bucava il firmamento fiammeggiando nel cielo. Alla fine, quando sono tornata in me, giacevo per terra nuda.

Non riesco ancora a crederci. Che cosa m'era successo? Ero lí distesa sul letto che facevo progetti per il compleanno della mamma e ascoltavo dei dischi quando bum!

Forse non si trattava di un *flashback*. Forse sono una schizofrenica. Questa malattia spesso comincia tra gli adolescenti quando perdono contatto con la realtà, non è cosí? Comunque sia, sono proprio fregata. Non riesco neppure a controllare la testa. Le parole che ho scritto quando ero fuori di me, sono solo delle righe contorte, strade piene di rifiuti con dei simboli nel mezzo. Che posso fare? Ho bisogno di parlare con qualcuno. Un bisogno autentico e disperato. Oh Dio, ti prego, aiutami. Ho tanta paura, tanto freddo e mi sento cosí sola. Ho soltanto te, diario mio. Io e te, che coppia!

Piú tardi

Ho fatto alcuni problemi di matematica e ho persino letto qualche pagina. Perlomeno so ancora leggere. Ho imparato a memoria qualche riga e il cervello sembra funzionare bene adesso. Ho anche fatto un po' di ginnastica e credo di aver riacquistato il controllo del corpo. Ma vorrei poter parlare con qualcuno, qualcuno che capisce quel che mi sta succedendo e quel che mi succederà. Ma non ho nessuno e cosí posso solo cercare di dimenticarmi di questa storia. Dimentica, dimentica, dimentica e non voltarti indietro. E allora ritorniamo alla festa della mamma. Forse posso fare in modo che Tim e Alex vadano con lei al cinema nel pomeriggio dopo la scuola, cosí potrò farle trovare una buona cena pronta in tavola per quando torneranno a casa. Farò finta che questo sia stato un incubo. Lo dimenticherò. Ti prego Dio mio, fa che lo dimentichi e che non accada piú. Ti prego, ti prego, ti prego.

12 aprile

Oggi mi sono data da fare un sacco e non ci ho pensato neppure una volta. Probabilmente domani mi acconcerò i capelli come piacciono alla mamma. Chissà come sarà contenta.

13 aprile

È stato un compleanno bellissimo. Tim e Alex hanno portato la mamma a vedere un film nel pomeriggio; penso che lei si sia divertita piú di loro. Papà ha avuto da fare fino a tardi in ufficio e a me stava bene cosí perché mi sarei sentita terribilmente impacciata d'essere in cucina con lui, visto che non sono una gran cuoca. Invece tutto è riuscito bene. Il pollo sembra uscito dalle pagine di una rivista di cucina, anzi meglio ancora perché aveva un profumo delizioso. Gli asparagi erano belli e teneri e i panini eguali a quelli che fa la nonna. In effetti avrei voluto che lei fosse qui perché sarebbe stata fiera di me. Abbiamo mangiato una coppa di macedonia di frutta fresca e un'insalata di lattuga condita con la pancetta. La lattuga era un po' avvizzita, a dir la verità un po' troppo, ma tutti hanno fatto finta di niente e papà mi ha preso in giro dicendomi che non si sarebbe sorpreso se un giorno fossi diventata una buona moglie. Spero che non abbia visto le lacrime nei miei occhi. Desidero tanto esserlo!

Come dolce abbiamo mangiato un gelato di pesche decorato con fette di pesche surgelate. La cena è risultata magnifica, se si tiene conto che si trattava del primo pasto completo che ho cucinato da sola. Alex ha fatto per la mamma un piattino di ceramica per le caramelle con la forma della sua mano. È proprio un oggettino grazioso, e lo è ancora di piú se si pensa che, servendosi solo dell'aiuto della sua insegnante delle giovani esploratrici, lo ha cotto e ha fatto tutto il resto senza che la mamma lo venisse a sapere. Una volta ero un po' gelosa di Alex e penso di esserle stata parecchio ostile anche se le volevo bene, ma ora le cose sono cambiate. Sento che c'è qualcosa di nuovo, di bello, di eccitante che inizia a crescermi dentro. È forse cosí che la gente crea una nuova dose d'amore per donarlo ad ogni nuovo figlio che nasce?

Oh, spero che un giorno qualcuno vorrà sposarmi.

14 aprile

Stamane mi sono alzata molto presto per poter fare un lungo bagno ristoratore in santa pace prima che Tim e Alex comincino a dar mazzate alla porta per entrare. È andata benissimo. Mi piace far le cose con calma e godermi la vita. Dopo essermi depilata le gambe e le ascelle, ho guardato criticamente il mio corpo per la prima volta in vita mia. È un bel corpo anche se sono un po' stretta di petto. Che cosa accadrebbe se facessi della ginnastica? Ma in questo caso avrei forse paura di finire per assomigliare ad una mucca. Sono contenta d'essere una ragazza. Mi piacciono anche le mestruazioni. Credo di non aver mai desiderato d'essere un ragazzo. Ci sono un sacco di ragazze che preferirebbero esser ragazzi, ma non io. È difficile credere che a un certo punto della mia vita ero talmente incasinata da non sapere quello che ero. Oh, vorrei poter spazzare via tutto quel mio passato marcio. Lo so che il nonno ha ragione. Dovrei perdonare me stessa e dimenticare ma non ci riesco. Proprio non ci riesco! Quando faccio i pensieri piú belli, il passato cosí brutto e orribile, mi sommerge come un incubo. E cosí tutta la mia giornata viene già rovinata.

(?)

Indovina un po'? Quel genio della tua amica non ha fatto neppure un errore nell'esame d'inglese. So d'esserci riuscita perché era molto facile, credo anche d'esser andata quasi altrettanto bene nel compito di matematica. Avrò fatto forse due o tre errori ma so che non dovrebbero essere di piú. Non è meraviglioso?

19 aprile

Maledizione! Siamo da capo! Ho incontrato Jan in centro che mi ha chiesto se volevo andare ad una "festa" stasera. Nessuno dei ragazzi pensa che io possa restare lontana dalla droga perché la maggior parte di quelli che sono andati in galera adesso sono diventati solamente piú cauti e discreti. Quando ho detto a Jan: "No grazie," lei ha sorriso. Mi sono spaventata da morire. Non ha detto una parola. Mi ha semplicemente sorriso come per dirmi: "Lo sappiamo che ci ricascherai." Oh, spero di no. Spero davvero di no.

21 aprile

George mi saluta nel modo piú freddo possibile. È piú che ovvio che lui è un morigerato e che non vuole aver alcun rapporto con una drogata. Tutti i ragazzi della scuola conoscono con notevole precisione chi la prende e chi no e voglio entrare nel numero dei ragazzi morigerati anche se non so come ci riuscirò con la cattiva reputazione che mi ritrovo. So di non poterlo chiedere alla mamma e a papà ma mi piacerebbe aver qualche appuntamento con un ragazzo. Non con la ghenga degli erbivori ma coi ragazzi seri. Mi piacerebbe aver un ragazzo che mi circondi le spalle durante un film. Quando mai potrei avere qualcosa del genere con uno dei fissati? Tutti sanno che sesso e droga procedono insieme e che quei ragazzi di cui parlavo prima sono una specie di lebbra sociale. Cosí la pensano anche i ragazzi morigerati.

L'unica cosa triste è che sono ancora classificata tra i lebbrosi e credo che lo sarò sempre. È strano, ho fatto tante volte all'amore eppure mi sembra di non averlo fatto mai. Desidero ancora un ragazzo gentile che mi dia il bacio della buona notte sulla porta di casa. È ridicolo! Oh, diario, perdonami. Sto cercando molto seriamente di dare un senso positivo alle cose ma non ci riesco. Non ci riesco. Tu sei l'unico a cui possa veramente aprire il mio cuore. Voglio tornare indietro, cancellare tutto e ricominciare da capo. Ma dentro mi sento vecchia e indurita e, con ogni probabilità, sono responsabile di aver accalappiato nel giro della droga non so quanti ragazzi delle medie e delle elementari che, probabilmente, a loro volta hanno tirato nel giro altri ragazzi. Come potrà mai Dio perdonarmi? Perché poi Lui dovrebbe farlo?

È meglio che vada a fare un bagno prima che i miei genitori sentano questi miei stupidi, pazzi singhiozzi che non riesco piú a controllare.

Grazie per l'ascolto.

24 aprile

I ragazzi hanno cominciato a rompermi l'anima sul serio. Per due volte oggi Jan mi ha "sparato" addosso chiamandomi Piera la Puritana e Paolina la Santarellina. Ho accusato il colpo. Questa volta ho proprio accusato il colpo e se mi sentirò troppo giú, chiederò a papà e alla mamma di trasferirmi in un'altra scuola. Ma il problema è questo: "Dove potrei andare senza che qualcuno venga a conoscere il mio passato?" E poi come faccio a dir tutto a papà e alla mamma per convincerli a farmi cambiar scuola? Oh, non so cosa debbo fare. Ho persino incominciato a pregare ogni notte come facevo da piccola, ma adesso non dico solo delle parole, supplico. Imploro.

Buona notte diario.

27 aprile

È orribile non avere un amico. Sono cosí sola e abbandonata. Penso che le cose durante i week-end vadano anche peggio che negli altri giorni, ma non lo so. È sempre brutto.

28 aprile

Oggi mi sono stati consegnati alcuni compiti e il voto piú basso è stato sette piú. Voglio iniziare anche un archivio statistico relativo ai ragazzi e alla droga. Un giorno te ne parlerò, quando non dovrò passare ogni minuto sui libri.

1° maggio

Il nonno ha avuto un altro attacco. È successo durante la notte e il papà e la mamma prenderanno un aereo oggi stesso per andarlo a trovare. Quando torneremo a casa da scuola, saranno già partiti. Sono cosí cari. Li preoccupa di piú lasciarmi che tutto il resto. Sono sicura che sanno quanto sono sola e frustrata; sono anche sicura che provano un gran dolore per il nonno. Del resto anch'io. Un tempo credevo d'essere l'unica persona sensibile ma in effetti sono solo una parte infinitesimale di un'umanità dolente. È un bene che la maggior parte delle persone sanguini dentro, altrimenti questa terra sarebbe veramente sporca, imbrattata di sangue.

La nonna si sentirà molto sola se il nonno muore. Non riesco a raffigurarla senza di lui. Sarebbe come tagliare una persona in due. Caro vecchio nonno. Lui mi chiamava il suo generale a cinque stelle. Vorrei scrivergli prima di andare a scuola. La lettera sarà firmata "il generale a cinque stelle del nonno." Nessuno, tranne lui, saprà di che cosa parlo.

Arrivederci per ora.

(?)

Papà ha appena finito di telefonare per sentire se stavamo bene e per dirci che il nonno è peggiorato. È in coma adesso e noi siamo tutti molto turbati, particolarmente Alex. Quando le ho rincalzato le coperte come fa sempre la mamma e le ho dato il bacio della buona notte, mi ha chiesto se avrebbe potuto venire a dormire con me se avrà paura durante la notte. Povera piccola cosa. Ma cosa si può dire a qualcuno che si sente a terra quando non ci sono risposte?

Poi sono andata nella stanza di Tim e gli ho dato il

bacio della buona notte. Anche lui è molto turbato e credo che siamo tutti a terra, compreso papà.

4 maggio

Io, Tim e Alex ci siamo alzati tutti alla stessa ora, abbiamo rassettato le camere, abbiamo fatto colazione a base di cereali e di frutta e poi abbiamo lavato i piatti insieme. Siamo stati proprio efficienti. Incredibile, no?

Mi tocca andare a scuola ma scriverò ancora stasera se dovesse accadere qualcosa d'importante o di tragico.

ore 21,50

Papà ha telefonato che le cose sono al punto di prima. Il nonno è un po' peggiorato ma resiste ancora. Non si può ancora sapere come gli andrà. Ad ogni modo credo che sia in condizioni piuttosto critiche. Alex si è stretta a me ed ha pianto. Anch'io ho voglia di piangere. La casa sembra cosí grande, malinconica e quieta senza la mamma e papà.

5 maggio

Il nonno è morto durante la notte. Dopodomani il dottor... dell'università ci porterà all'aeroporto a prendere l'aereo per andare ai funerali del nonno. Sembra incredibile di non doverlo piú vedere. Chissà cosa gli è successo? Spero che non sia freddo e morto. Non riesco a pensare al corpo del nonno mangiato dai vermi e dalle larve. Non riesco a sopportare quest'idea. Ma forse il liquido usato per imbalsamare provoca la disintegrazione del corpo in polvere. Oh, spero che sia cosí.

8 maggio

Non riuscivo a credere che fosse il nonno quello che giaceva nella bara. Era soltanto uno scheletro stanco e esangue, coperto di pelle. Oh, ho visto parecchi morti, ranocchi, uccelli, lucertole e polli ma questo è stato uno shock. Non sembrava vero. Era quasi come un brutto viaggio. Sono felice di non aver mai fatto dei brutti viaggi. Ma se il primo che ho fatto fosse finito cosí, non ci sarei cascata piú. Mi sarebbe andata bene. La nonna sembrava calma e affettuosa. Cingeva con un braccio me e con l'altro Alexandria. Cara nonna adorata, anche durante il lungo, lungo, infinitamente lungo funerale non ha pianto. È rimasta seduta là con la testa reclinata. È stata una cosa strana, quasi soprannaturale, ma ho avuto la sensazione che il nonno fosse accanto a lei. Ne ho parlato piú tardi con Tim e anche lui ha avuto la stessa sensazione.

La parte peggiore è stata quando il corpo del nonno è stato abbassato nella fossa. Io e Alexandria abbiamo pianto anche se nessun altro membro della famiglia lo ha fatto. Ho cercato di farmi forza e di esercitare il massimo autocontrollo ma non ci sono proprio riuscita. La mamma, la nonna e papà si stropicciavano gli occhi di tanto in tanto, Tim tirava su col naso e Alex, naturalmente, è una ragazzina ma io, be', ho dato spettacolo come al solito.

9 maggio

Stasera la nonna verrà a casa con noi e ci resterà fino al termine della scuola. Quindi tornerò qui con lei per aiutarla a organizzare il trasloco in casa nostra, dove resterà finché non avrà trovato un appartamentino vicino a dove abitiamo noi.

Non mi sono mai sentita tanto stanca in vita mia

come adesso. Non riesco neppure ad immaginare come faccia la nonna a stare in piedi visto che io riesco appena a muovermi. Sembriamo tutti appena usciti da una lunghissima malattia. Persino la piccola Alex si trascina in giro. Quanto tempo ci vorrà per adattarsi a vivere senza il nonno? Saremo sempre gli stessi? Come se la caverà la cara nonna adorata? Quando sarà nel suo nuovo appartamento voglio stare spesso con lei, la porterò al cinema, andremo a fare delle lunghe passeggiate insieme, ecc. ecc.

12 maggio

Stamattina, guardando fuori dalla finestra, ho visto che il nuovo verde sta uscendo prepotentemente dalla terra e cosí sono scoppiata in un pianto dirotto e incontrollato. La resurrezione è qualcosa che non riesco a capire. Non riesco neppure ad immaginare come farà il corpo del nonno, che deve putrefarsi, inacidire, ammuffire e sbriciolarsi in mille pezzetti, a riprendere l'antica forma.

Non riesco neppure a capire come possa un piccolo bulbo di gladiolo, disseccato, terroso e raggrinzito a sbocciare ancora. Penso che Dio possa rimettere insieme atomi, molecole e corpi se un bulbo di gladiolo, che pure non ha cervello, ci riesce. Tutto ciò mi fa sentire molto meglio e poi non so come faccio a pretendere di capire la morte quando, a pensarci bene, non riesco neppure a capire il funzionamento della televisione e dell'elettricità e nemmeno quello di un giradischi stereofonico. A dir la verità capisco cosí poco che non so proprio come faccio ad esistere.

Una volta ho letto da qualche parte che l'uomo usa meno di un decimo (credo) del suo cervello. Pensa, avere il novanta per cento in piú e usarlo tutto. Sarebbe semplicemente grandioso! Immagina in che pianeta perfetto potremmo vivere se i cervelli fossero novanta volte piú efficienti di quello che sono adesso.

14 maggio

La notte scorsa ho avuto un incubo. Il corpo del nonno era pieno di vermi e di larve e pensavo a quel che accadrebbe se dovessi morire. I vermi non fanno alcuna distinzione sotto terra. Non gli interesserebbe sapere che sono giovane e che la mia carne è solida e polposa. Grazie a Dio la mamma mi ha sentito gemere e allora è entrata in camera mia per aiutarmi a rientrare in me. Poi siamo andate a prendere un po' di latte caldo ma io mi trascinavo ancora e non ho potuto dirle quel che mi era accaduto. Sono certa che lei abbia pensato che il mio stato avesse a che fare in qualche modo con il periodo in cui sono fuggita di casa ma non potevo raccontarglielo perché era ancora piú orribile.

Dopo aver bevuto il latte tremavo ancora tutta, cosí abbiamo infilato le scarpe per fare un giro. Faceva freddo anche se avevamo infilato la vestaglia sopra la camicia da notte, ma abbiamo parlato di un sacco di cose tra cui anche la possibilità che io diventi un'assistente sociale o qualcosa del genere. La mamma è molto contenta dell'idea che voglio aiutare gli altri. È proprio comprensiva. Ognuno dovrebbe essere fortunato come me.

15 maggio

Devo fare ogni sforzo per concentrarmi sulla scuola. Non sapevo che la morte potesse toglierti tanto. Mi sento ancora completamente svuotata e ogni cosa che faccio mi costa fatica.

16 maggio

Oggi papà mi ha portato all'università ad assistere a una manifestazione contro la guerra. Gli studenti lo preoccupano molto e me ne ha parlato come se fossi una persona adulta. La cosa mi ha fatto felice. Non sono tanto gli studenti politicamente impegnati (con cui, secondo lui, andrebbero usate le maniere forti) a preoccuparlo quanto quei ragazzi che potrebbero esserne influenzati. Preoccupano anche me. Sono preoccupata per me!

Piú tardi siamo andati a trovare il professor..., anche lui piuttosto in apprensione per via dei ragazzi. Ha parlato a lungo della brutta strada che hanno preso e ha poi snocciolato una serie di dati statistici che mi hanno sorpreso. Non riesco a ricordare neppure la metà delle cose che ha detto (parlava cosí in fretta!) ma c'erano cose di questo tipo: 1000 ragazzi sui vent'anni commettono suicidio ogni anno e altri 9000 lo tentano. Le malattie veneree sono aumentate del 25% tra i ragazzi della mia età: anche le gravidanze sono in aumento, malgrado la pillola. Ha anche detto che il numero dei crimini e delle malattie mentali tra i giovani ha raggiunto cifre astronomiche. In effetti ogni cifra che diceva era superiore a quella dell'anno precedente.

Quando ce ne siamo andati non sapevo se sentirmi meglio per quello che ho fatto, visto che c'è tanta altra gente caduta nella mia stessa trappola, o peggio perché siamo sulla via di diventare tutti matti. Ma, a esser sinceri, non credo che si possa dar la colpa ai ragazzi perché mandano tutto in malora, o almeno non è tutta colpa loro. Anche gli adulti non si stanno comportando molto meglio. A dir il vero non riesco ad immaginare nessuno che vorrei vedere alla presidenza degli Stati Uniti eccetto papà che comunque non potrebbe mai venir eletto con una figlia come me.

19 maggio

Dunque, oggi sono stata di nuovo spinta in balia delle onde. Qualcuno mi ha messo uno spinello nella borsetta ed ho avuto una gran fifa. Sono stata obbligata ad uscire prima dell'ultima ora e a prendere un taxi per andare da papà.

Non riesco proprio a capire perché non mi lascino in pace. Ma perché mi tormentano cosí? Forse che la mia esistenza li rende nervosi? Dev'essere cosí. Sono convinta che loro cercano di cancellarmi dalla faccia della terra o di farmi finire in manicomio. È come se avessi scoperto un grosso giro di spie e perciò devo esser fatta fuori.

Papà ha detto che devo esser forte e reagire da persona adulta. Mi ha parlato a lungo e gli sono grata per essere cosí comprensivo ma so anche che lui non può capire perché loro si comportano cosí con me. Certo io non ne so di piú. E poi lui non sa niente di Richie, di Lane e di tutto il resto. Mi ha detto che tutta la famiglia è con me. Ma che vantaggio ne ricavo se il mondo intero è contro di me? È proprio come la morte del nonno. Ognuno la considera una cosa tremenda ma nessuno, me compresa, ci può far niente.

20 maggio

Ho fatto in modo di rientrare nella routine dello studio. Aiuta. Almeno riesco a tener la mente lontana da quel che sai.

21 maggio

La nonna sta male ma, secondo la mamma, si tratta solo di un po' di depressione. Speriamo che abbia ragione perché la nonna sembra in condizioni piuttosto brutte. Oh, me ne ero quasi dimenticata... Grazie a papà ho avuto il permesso di usare la biblioteca dell'università e oggi ci sono andata per la prima volta. Mi sono divertita molto. Mi sentivo proprio sofisticata e molti dei ragazzi pensavano che fossi anch'io una studentessa universitaria. Non è buffo?

22 maggio

Oggi in biblioteca ho incontrato un ragazzo. Si chiama Joel Reems ed è matricola. Abbiamo studiato insieme e poi mi ha accompagnata fino all'ufficio di papà. Papà aveva da fare e cosí ci siamo seduti sui gradini dell'ingresso principale dell'edificio ad aspettarlo. Ho deciso di non fingere con Joel ma di dirgli la verità su di me (be', quasi tutta la verità). Decida poi lui se gli vado bene o no. Gli ho detto di avere solo sedici anni e che potevo usufruire della biblioteca per via di papà.

Sembra proprio un buon ragazzo perché si è messo a ridere e mi ha detto che per lui andava bene anche cosí, visto che non aveva mai pensato di chiedermi di sposarlo durante quel semestre. Quando papà è uscito, anche lui si è messo a sedere sui gradini per un po' e noi tre ci siamo messi a chiacchierare come se ci fossimo sempre conosciuti. Magnifico! Prima di andarsene Joel mi ha chiesto quando avrei ricominciato a studiare. La mia risposta è stata che in genere studio tutte le ore in cui sono sveglia. Mi è parso che lui fosse molto compiaciuto.

23 maggio

Caro papà, dovrei essere molto arrabbiata con lui e invece no. È andato a controllare la scheda personale di Joel e mi ha detto tutto su di lui. Mi sono eccitata moltissimo all'idea di papà che va a frugare negli archivi per prendere queste informazioni. Ecco qui comunque: Joel è un anno avanti e perciò frequenta l'università anche se ha appena compiuto diciott'anni. Suo padre è morto, sua madre lavora in una fabbrica; anche lui lavora ogni giorno per sette ore all'università come guardiano, da mezzanotte alle sette del mattino. La prima classe l'ha alle nove il lunedí, il mercoledí e il venerdí!!! Hai capito che orario?

Papà mi ha chiesto di non disturbare Joel e gli ho promesso che non lo farò. Ad ogni modo, se vuole accompagnarmi ogni pomeriggio (anche il sabato) dalla biblioteca all'ufficio di papà non ci vedo niente di male, no?

Sera dello stesso giorno

Joel mi ha accompagnato all'ufficio di papà. Sembrava un appuntamento. Le nostre parole si mescolavano; ridevamo e parlavamo allo stesso tempo. (Era un caos adorabile.) Joel mi ha detto di non aver mai avuto molto tempo per le ragazze e non riesce a capire come mai ho l'aria di sapere tante cose su di lui. Gli ho detto solo che le donne hanno molto intuito. Ma sono anche furbe.

25 maggio

Anche stasera Joel mi ha accompagnato all'ufficio di papà. Quest'idea non l'ho avuta io, infatti è stato papà ad invitarlo a cena per domani sera. La mamma ha detto che per lei va bene e so che è ansiosa d'incontrarlo perché papà mi ha un po' preso in giro parlando di lui.

26 maggio

Alla fine della scuola sono corsa a casa ad aiutare la mamma a pulire la casa come se il re del mondo in persona stesse per arrivare, ed ho controllato se avevamo gli ingredienti per fare le paste all'arancio, la mia sola specialità. Non vedo l'ora! Non vedo l'ora!

Piú tardi

Joel è appena andato via. È stata una serata fantastica. Non so perché lo dico visto che lui e papà sono stanti quasi sempre insieme. Forse è perché ha perso il padre quando aveva sette anni ma comunque sembrava che loro due stessero bene assieme. Anche Tim sembrava affascinato da quel che dicevano, in particolare delle possibilità universitarie di Joel. (Penso che Tim già cominci a pensare all'università. Di già.)

Le mie paste all'arancio sono risultate perfette, persino la nonna ha detto che non avrebbe saputo farle meglio. Joel ne ha mangiate sette! Sette! Ha anche detto che ne avrebbe portate un po' a casa per colazione se ne fosse avanzata qualcuna. Naturalmente se ne fosse rimasta qualcuna non lo avrebbe detto. È piuttosto riservato. Chiederò alla mamma se potrò fargliene un'infornata e dirgli di passarle a prendere all'ufficio di papà.

29 maggio

Oh, diario, indovina un po'? Papà aveva una magnifica notizia da darci a cena! (Lo ha fatto con indifferenza.) Cercherà di ottenere una borsa di studio per Joel. Pensa d'esser quasi sicuro di riuscirci ma ha detto che ci vorrà del tempo e mi ha proibito di parlargliene finché non sarà tutto fatto. Riuscirò a tenere la bocca chiusa, chiacchierina come sono? Non sono molto brava in questo genere di cose.

P.S. Sembra che le cose procedano bene a scuola. Nessuno mi rivolge la parola ma non c'è nessuno che mi scocci. Non si può avere tutto nella vita.

1° giugno

La casa della nonna è stata venduta oggi ed è stato deciso che la ditta di traslochi imballi tutte le sue cose e le metta in un magazzino. Lei è scoppiata in un pianto dirotto quando lo ha saputo. È la prima volta che la vedo piangere. Penso che la perdita del nonno e della casa in cui aveva trascorso quasi tutta la sua vita, le dia la sensazione di avere raggiunto lo stadio finale.

Piú tardi

Chissà se piaccio a Joel? Chissà se mi considera graziosa, simpatica o attraente? Chissà se mi considera una cosa seria? Spero di piacergli dato che lui mi piace moltissimo. In effetti penso di amarlo veramente.

Signora Joel Reems
SIGNORA JOEL REEMS
Sig. e Sig.ra Joel Reems
Dott. Joel Reems e Signora.
Non sembra magnifico?

2 giugno

La signora Larsen ha telefonato pochi minuti fa dicendo che Jan, che aveva promesso di andare a casa sua a fare da baby-sitter alla sua bambina, ha telefonato all'ultimo momento scusandosi di non poterlo fare. Questo è tipico di Jan. Be', penso che potrò studiare là proprio come potrei farlo qui. Devo andare a preparare le mie cose.

Ciao, a piú tardi.

P.S. Caro diario, mi sento svuotata, stanca, rattristata, esaurita, stufa.

Jan è arrivata dopo mezz'ora che la signora Larsen se n'era andata, dicendo che voleva far lei da baby-sitter perché aveva bisogno di grana. Ma non potevo farglielo fare dato che era stonata e che la bambina ha soltanto quattro mesi. Ma lei non se ne voleva andare e cosí alla fine ho dovuto telefonare ai suoi genitori perché la venissero a prendere. Gli ho detto che si sentiva poco bene ma, quando loro sono arrivati, era cotta al punto giusto. Faceva andare il giradischi a tutto volume. Ce n'era abbastanza per svegliare la bambina che, comunque, si era già svegliata per conto suo perché era bagnata e piangeva. Non osavo neppure cambiarle i pannolini perché temevo che Jan combinasse qualche pasticcio. Era cosí fatta che suo padre e sua madre hanno dovuto spingerla in macchina. Piangevano e mi hanno chiesto di non farne parola con la polizia visto che è in libertà vigilata.

Oh, spero di aver agito bene. Forse avrei fatto meglio a non telefonare ai suoi ma non potevo mandarla via o farla restare là con la bambina. Non so cosa accadrà a scuola domani quando si spargerà la voce di questa faccenda. Pum! Non ci sarà nessuno che vorrà ascoltare le mie ragioni. E poi i drogati non capiscono cose del tipo far del male a dei bambini. Non capiscono niente.

3 giugno

La mamma e papà mi hanno detto che ieri sera ho fatto soltanto il mio dovere. Gli spiaceva di non avermi potuto aiutare. Ma che altro avrebbero potuto fare se non chiamare i genitori di Jan? In verità avrebbe anche potuto finir peggio se ci fossero stati i miei. Chissà? Devo andare ora.

Pomeriggio

Oggi Jan mi è passata davanti, all'ingresso della scuola, e nel suo viso si potevano vedere amarezza ed ostilità in una misura che non ho mai visto prima. "Te la farò pagare fottutissima di una Pierina la Santarellina," ha detto gridando davanti a tutti. Ho cercato di spiegarle ma lei si è girata andandosene come se non esistessi.

Piú tardi sono andata in biblioteca. Joel ha capito che c'era qualcosa che non andava e cosí alla fine gli ho detto che mi sta arrivando un raffreddore e che mi sento infelice. (La parte che si riferisce all'infelicità è vera.) Mi ha detto che dovrei prendere qualche aspirina e riposarmi un po'. La vita è cosí semplice per i morigerati...

(?)

Non so cosa abbia detto Jan ai ragazzi ma di certo si tratta di cose orribili perché adesso sono oggetto di sogghigni e di risatine il che è anche peggio che essere sola e ignorata. Mi piacerebbe parlarne a Joel ma, nervosa come sono, non vado nemmeno a studiare in biblioteca. Porterò un po' di libri a casa e lavorerò in camera mia. (La mia stanza sarà tutto il mio universo.)

(?)

Joel mi ha telefonato poco fa dalla biblioteca perché era preoccupato per me. Aveva parlato con la segretaria di papà che non sapeva niente. Sono felice che abbia telefonato ma gli ho detto d'esser ammalata e che non sarei andata in biblioteca per questa settimana. (Oh, sono stufa, stufa marcia di tutti quei fottuti erbafissati e acidofissati e di tutti i drogafissati che mi stanno perseguitando.) Non importa, Joel mi ha chiesto se può telefonarmi ogni sera; non potevo dirgli che avrei atteso la sua chiamata accanto al telefono ma è proprio quello che farò! Lo sapevi, no?

7 giugno

Durante la notte la nonna è stata piuttosto male. Forse non le interessa tirare avanti senza il nonno. Non è uscita dalla sua stanza per far colazione. Gliela ho portata io su un vassoio ma ha soltanto finto di mangiare. Stasera voglio entrare in camera sua a farle una visita invece di andare in biblioteca come avevo finalmente deciso di fare. Joel capirà.

Ciao.

8 giugno

Mi sento così impotente che non so cosa fare. Jan mi è passata di fianco mentre andavo lungo il pendio sussurrandomi: "È meglio che tu dica a quella smorfiosa di tua sorella di non accettare caramelle offerte da estranei o anche dai suoi amici, specialmente dai tuoi amici." Ma Jan non lo farà! Non può farlo! Comunque la pensi su di me, di certo non si vendicherà su Alexandria, no? Può farlo? Vorrei riuscire a farla ragionare, ma non so come.

Oh, mi piacerebbe parlare di questa storia con la mamma, o con papà, con Joel o con Tim, ma ogni iniziativa che prendo sembra peggiorare le cose. Forse l'unico modo è quello di buttarlo là durante una conversazione all'ora di cena, accennando a dei ragazzi vendicativi che mettono l'acido nelle caramelle, nella gomma da masticare che poi passano in giro. Forse se gli dico che uno dei miei insegnanti parlava di un ragazzo di Detroit che è morto cosí, i miei ci staranno attenti. Devono stare attenti!

9 giugno

Mentre tornavo a casa dalla spesa una macchina piena di ragazzi mi si è accostata e loro mi hanno gridato frasi come:

"Si va a letto facile con te, Piera la Puritana."

"No, non si chiama Piera la Puritana ma Doris la Delatrice."

"Doris la Superdelatrice. Doris la Supersupersuperdelatrice."

"Che cosa accadrebbe se mettessimo un po' di roba nella macchina di quel matusa di tuo padre?"

"Non sarebbe magnifico vedere tuo padre, il professore, arrestato?"

Poi mi hanno chiamato con tutti i nomi piú osceni del loro vocabolario e se ne sono andati a gran velocità ridendo istericamente e lasciandomi schiacciata, abbattuta, bastonata sul piano emotivo. Penso che vogliano solo intimorirmi e farmi diventare pazza. Ma chi lo sa? Mi ricordo d'aver letto l'estate scorsa di certi ragazzi stonati che hanno messo un gatto in lavatrice e l'hanno fatta andare soltanto per vedere come andava a finire. Forse vorrebbero davvero sapere come reagirebbe papà. Sono un tale branco di bastardi schifosi e pazzi che si può pensare anche ad una eventualità del genere. Ma non credo che si spingeranno fino a questo punto. Forse se cercherò d'ignorarli alla fine la smetteranno.

10 giugno

Per la prima volta mi sento del tutto sicura del fatto che, anche se fossi chiusa a chiave in una stanza piena di acido, di anfetamine, di ogni altro tipo di droga, ne proverei solo ribrezzo perché ho dovuto constatare quali sono i risultati della droga in ragazzi che un tempo mi erano amici. È certo che non sarebbero cosí spietati con me se non fosse per via della droga. Non è cosí? Oggi qualcuno ha messo un mozzicone di spinello acceso nel mio armadietto a scuola e quando il preside mi ha fatto chiamare anche lui ha capito che non avrei mai potuto comportarmi in modo tanto stupido. Adesso nella mia giacca nuova c'è un buco e alcuni fogli sparsi hanno preso fuoco affumicando tutto. Mi ha chiesto di dirmi il nome di qualcuno che, secondo me, ha potuto fare qualcosa del genere e io, anche se sospetto di Jan, non ho osato fare il suo nome e non voglio rivelargli i nomi di tutti i fissati della scuola. Non sono certo io la piú indicata ad alzare il dito accusatore. E poi, con ogni probabilità, mi ucciderebbero. Ho paura.

11 giugno

Sono molto felice che la scuola stia per finire. Il prossimo anno potrò forse andare a studiare a Seattle dalla zia Jeannie e dallo zio Arthur. Mi avrebbe fatto piacere che la nonna non avesse venduto la casa ma, malata com'è, non avrei potuto vivere con lei.

P.S. Sono andata alla biblioteca dell'università e mi sono seduta per un po' sul prato con Joel ma le cose non sono piú come prima. Ogni giorno che passa le cose sembrano peggiorare. Sarebbe stato bello se Joel fosse stato figlio di mio padre e io non fossi mai nata.

12 giugno

Stasera c'è il ballo della scuola ma naturalmente non voglio andarci. Persino George che un tempo mi accompagnava fuori adesso mi guarda con disprezzo o passa oltre senza neppure vedermi. In apparenza le voci su di me stanno aumentando. Non riesco neppure a immaginare che cosa dicono o come devo fare per farle cessare.

(?)

La banda dell'erba sta tentando di farmi diventare pazza, e con successo. Oggi io e la mamma eravamo al supermercato quando abbiamo incontrato Marcie e sua madre. Mentre le due madri si sono fermate a parlare, Marcie si è rivolta verso di me e mi ha detto sorridendo: "Stasera c'è una festa e questa è la tua ultima possibilità."

Le ho risposto: "No, grazie," cercando di restare calma ma avevo paura di soffocare. Sua madre infatti era lí a pochi centimetri. A questo punto lei ha fatto ancora un dolce sorriso dicendomi: "Fai meglio a venire perché tanto non hai scampo." Non è incredibile? Una ragazza di quindici anni di famiglia cosí ben educata e rispettata non dovrebbe minacciare un'altra in pubblico, almeno non nel reparto verdura di un supermercato tutto ben ordinato e preciso. Stavo per scoppiare e temevo che proprio là, in quel preciso istante, il mio cervello sarebbe caduto sul pavimento, dissolvendosi.

Tornando a casa la mamma mi ha chiesto perché ero cosí calma. Poi mi ha domandato perché non uscivo qualche volta con quella Marcie Green cosí simpatica. Marcie Green simpatica, puah! Forse sto diventando pazza. Forse queste cose non sono vere.

16 giugno

La nonna è morta la notte scorsa mentre dormiva. Ho provato a dire a me stessa che è andata a raggiungere il nonno ma sono talmente depressa che non riesco a pensare ad altro che ai vermi che le mangiano il corpo. Orbite vuote con intere falangi di larve che si contorcono. Non riesco piú a mangiare. La casa intera è in frenesia mentre tutti si occupano dei funerali. Povera mamma, perdere tutti e due i genitori in due mesi! Come fa a resistere! Morirei se dovessi perdere i miei genitori in questo momento. Ho cercato di aiutarla e di facilitarla al massimo ma mi sento cosí stanca che devo farmi forza per fare ogni passo.

17 giugno

Joel ha sentito della morte della nonna e mi ha telefonato per dirmi che gli spiaceva. Mi ha dato una gran forza morale e si è offerto di venirmi a trovare domani dopo il funerale. Sono felice che venga. Avrò davvero bisogno di lui.

19 giugno

Quel che mi ha aiutato a tirare avanti oggi è stato sapere che Joel sarebbe venuto a trovarmi. Ogni volta che volevo piangere ho pensato a lui, seduto nel nostro soggiorno, e tutto è andato meglio. Avrei voluto che anche la mamma avesse avuto qualcosa a cui pensare perché è sconvolta. Non l'ho mai vista in condizioni cosí penose. Papà ha fatto del suo meglio ma non credo che sia riuscito a toccare il suo cuore.

Quando siamo tornati a casa, io e Joel ci siamo messi a sedere in giardino e abbiamo parlato a lungo. Suo padre è morto quando lui aveva sette anni e da allora ha pensato moltissimo alla vita e alla morte. I suoi sentimenti e le sue idee in merito sono cosí maturi che non riesco a credere che non abbia mille anni! È anche una persona dotata di molta spiritualità, anche se non è religioso e con dei sentimenti molto profondi. Secondo me la maggior parte dei ragazzi della nostra generazione gli assomigliano. Anche nei loro viaggi molti pensano di vedere Dio o d'essere in comunicazione con degli esseri celesti. Ad ogni modo, quando Joel se ne è andato, mi ha baciato per la prima volta sulle labbra molto teneramente. È un ragazzo cosí buono e bravo che, spero, un giorno potremo essere uno dell'altro. Proprio cosí.

Comunque la cosa peggiore oggi è stata quella di vedere la nonna, cosí dolce e fragile, deposta in quella fossa scura e definitiva. Sembrava che volesse inghiottirla. E quando la terra è stata gettata sulla bara, pensavo che avrei urlato. Ma Joel mi ha detto di non pensarci perché non è quello il significato della morte; probabilmente ha ragione. Non posso proprio pensarci.

20 giugno

Ci sono molte occasioni per socializzare, feste, riunioni ecc., ora che la scuola è finita e cerco di non prendermela se non ci posso andare. Sarebbe sconveniente dato che la nonna è morta da cosí poco tempo ma, ad essere sincera, mio caro amico diario, sono stanca di dover fare da spettatrice fingendo che non mi dispiaccia. Sono tanto stanca che qualche volta vorrei scappare ancora di casa e non tornare piú.

22 giugno

La notte scorsa un gruppo di ragazzi è stato fermato dalla polizia e oggi mi hanno incolpato della cosa. Jan mi ha affrontato al drugstore dicendomi che questa volta non sarei riuscita a farla franca con questa storia di delazioni schifose. Ho cercato di spiegarle che non ne sapevo niente ma, al solito, lei non mi ha dato ascolto. Non so cosa farò se ricominceranno ad importunarmi. Non so se riuscirò a sopportarlo anche se Joel e i miei sono dalla mia parte. Sarebbe veramente troppo.

23 giugno

Tutto va male e non gliela faccio piú. Proprio piú. Oggi camminavo per la strada che costeggia il parco quando un ragazzino che non avevo mai visto prima mi ha afferrato minacciandomi. Ha continuato a tirarmi per il braccio, torcendomelo, e chiamandomi coi nomi piú schifosi. C'erano parecchi ragazzi che passavano di lí, volevo urlare ma non ci riuscivo. E poi chi mi avrebbe aiutato? I ragazzi morigerati non sanno neppure che io sia al mondo. Lui poi mi ha spinta dietro un gruppo di siepi e mi ha baciato. È stata una cosa del tutto disgustosa e umiliante. Mi ha cacciato la lingua in bocca e l'ha fatta andare in tutte le direzioni finché ho cominciato a piangere e per poco soffocavo. Quindi lui mi ha detto che avevo solo bisogno di fare all'amore e che avrei fatto meglio a non parlare con nessuno altrimenti sarebbe ritornato per mettermi a posto.

Avevo tanta paura che sono corsa allo studio legale

del Signor... e gli ho chiesto di accompagnarmi a casa. Lui e la mamma hanno pensato che mi sentissi male e cosí lei mi ha messo a letto. Sto male. Ancora adesso non riesco a smettere di vomitare e non posso concentrarmi. Che cosa posso fare? Non posso parlarne alla mamma perché, dopo il nonno e la nonna, questo colpo le sarebbe fatale. Oh, che cosa farò?

Una macchina è appena passata lampeggiando i fari e suonando il clacson a piú non posso. Tutta la famiglia è corsa fuori a vedere cosa accadeva. Non io. Non m'interessa piú.

24 giugno

Questa mattina a colazione ho detto ai miei d'essere stata nuovamente importunata dai ragazzi. Papà si è offerto di andare a parlare con qualche genitore ma l'ho pregato di non farlo perché questo non farebbe che peggiorare le cose. Ho anche detto a papà di chiudere a chiave la macchina perché qualcuno aveva minacciato di metterci della marijuana. Naturalmente ho dovuto mettere nuovamente in guardia Tim e Alex ma non serve a molto. Mi sento assediata, insieme a tutta la famiglia, ma nessuno degli altri sembra farci molto caso. Papà pensa che i ragazzi scherzino e che non farebbero mai niente che potesse farmi veramente del male. Non ho potuto dirgli quel che mi è accaduto ieri e cosí credo che gli lascerò pensare che tutto va bene.

Piú tardi

Oggi pomeriggio la mamma, sempre cosí cara, mi ha dato un passaggio fino all'università perché potessi vedere Joel. Ha detto che doveva andare a prendere qualcosa nell'ufficio di papà invece so che ha pensato a me. È proprio buona.

Dopo aver parlato con Joel per un po', non so perché l'ho fatto, gli ho chiesto di fare una passeggiata con me e, col cuore in pezzi, gli ho raccontato parte della verità. Non volevo parlargliene ma ora sono lieta di averlo fatto. La sua reazione è stata quella che avevo sempre immaginata. Ha detto che gli sto a cuore e che secondo lui riuscirò a superare queste difficoltà, dato che sono fondamentalmente buona e coraggiosa. Forse lo ha detto perché adesso che l'università è finita, sta per tornare a casa. Mi ha regalato l'orologio d'oro donatogli da suo padre e io l'anello della nonna. È stato terribile. Ed ora sento addosso il grigio di tutti i giorni grigi del mondo.

25 giugno

Oggi la zona in cui viviamo si è trasformata in una specie di manicomio perché tutti erano impegnatissimi a preparare la rivista annuale intitolata "La scuola è finita." Nessuno della ghenga dell'erba ha fatto caso a me e ne sono lieta. Forse hanno qualche altra idea. È strano che una scuola grande come questa sia divisa in due mondi tanto diversi tra di loro da sembrare completamente estranei. Ma ci sono poi molti mondi? È vero che la scuola è una piccola galassia col suo piccolo mondo per ogni gruppo? Uno per i ragazzi poveri ed uno per quelli ricchi, uno per i drogati o, meglio, uno per i drogati privilegiati e uno per quelli di famiglie non troppo abbienti. Ognuno di noi ignora completamente gli altri mondi finché cerca di passare da una sfera all'altra. È un peccato questo? Oppure il problema autentico è quello di tornare al mondo originario? Sono certa che tutti i ragazzi che hanno avuto un'esperienza di droga non hanno questo problema, oppure è cosí? Lo scoprirò in futuro, almeno mi ci proverò. Chris è stata fortunata perché la sua famiglia si è appena trasferita in una città dove non la conosce nessuno.

P.S. Ho visto tre dei ragazzi "normali" che mi hanno chiesto se andrò alla rivista ecc. ecc. Forse stiamo rompendo il ghiaccio. Lo spero di cuore.

27 giugno

Non mi sono alzata che alle undici e trenta e mi sento cosí bene che ho una gran voglia di esplodere. Gli uccelli cinguettano fuori della finestra di camera mia. È estate, amico mio, io sono viva, sto bene e sono felice d'essere nel mio letto. Hurrà per me!!! Forse quest'estate andrò ai corsi estivi a studiare qualche altra materia. Forse l'estate prossima andrò a frequentare qualche corso all'università. Non sarebbe bello?

1° luglio

Immagina com'è il primo di luglio. Vorrei che Joel fosse qui per vedere lo splendore di ogni cosa. Mi ha già scritto delle lettere in cui dice di sentirsi solo. Sua madre dev'essere una gran brava persona ma, in apparenza almeno, non dev'essere molto colta e perciò lui desidererebbe avere vicino qualcuno con cui poter parlare, ad esempio mio padre e mia madre che sono persone molto stimolanti. Mi ha fatto promettere che dovrò goderli e apprezzarli anche per lui. Avevo smesso di prendere lezioni di pianoforte molti mesi fa e ho ripreso oggi. La mia insegnante mi ha dato da studiare un concerto difficilissimo ma credo che alla fine riuscirò a rimettermi in pari. Voglio che Joel sia fiero delle mie qualità musicali e anche di altre mie capacità.

P.S. Io e Tim abbiamo fatto una lunga passeggiata ieri. Abbiamo visto Jan al drugstore e Marcie al parco e nessuna delle due ha fatto caso a me. Evviva! Forse, ora che la scuola è finita, hanno smesso di prendersela con me. L'hanno fatta finita con me e cosí posso finalmente sentirmi libera. Non è forse questa la sensazione piú meravigliosa di tutte le sensazioni meravigliose del mondo? Sono felice da morire.

3 luglio

Oggi è un'altra giornata meravigliosa, splendida. Un solo neo, papà ha ricevuto le fotografie della tomba della nonna, con relativa pietra tombale che è stata finalmente messa al suo posto. È bellissima ma io continuo a pensare al grado di decomposizione raggiunto ora dal suo corpo. Che dire poi di quello del nonno? Dovrebbe essere ridotto proprio male. Uno di questi giorni voglio andare in biblioteca a prendere un libro sull'imbalsamazione per capire esattamente come avvengono queste cose. Ma, sono solo io a pensarci o lo fanno anche la mamma, papà e Tim? Ho forse una fantasia morbosa per via delle mie esperienze con la droga? Penso di no perché Joel mi ha detto di aver avuto i miei stessi pensieri quando morí suo padre. E sí che lui allora aveva solo sette anni.

7 luglio

La signora Larsen si è rotta una gamba in un incidente automobilistico, cosí andrò ogni giorno a casa sua a far le pulizie, a cucinare e a badare al bambino in attesa che sua madre arrivi qui. (Ottima esperienza per il futuro!) La piccola Lu Ann è proprio una bambina dolcissima e il lavoro mi piacerà di certo. Adesso devo andare perché oggi è il primo giorno di lavoro. (Spero che la signora Larsen non mangi sempre all'ospedale perché voglio esercitarmi anche a cucinare.)

Ciao.

(?)

Mio caro e preziosissimo amico,

sono molto felice che la mamma abbia avuto il permesso di portarti qui nella tua cassettina ammaccata e chiusa con un lucchetto. Mi sono sentita molto imbarazzata quando l'infermiera mi ha fatto aprire il lucchetto e ho rovesciato sul letto voi due diari, le mie penne e le mie matite. Ma penso che volessero semplicemente tenermi d'occhio per controllare che voi diari non foste pieni di una qualsiasi droga. Non mi sento piú io, devo essere un'altra persona. Non riesco ancora a credere che ciò sia accaduto proprio a me. La finestra è coperta da una grata di fili di ferro piuttosto robusti. Meglio cosí che avere le sbarre ma ciò non m'impedisce di sapere che mi trovo in una specie di ospedale simile ad una prigione.

Mi sono provata a ricostruire tutta la storia ma non ci riesco. Le infermiere e i medici continuano a dirmi che starò meglio ma non funziono ancora bene. Non posso chiudere gli occhi perché i vermi brulicano sul mio corpo. Mi stanno mangiando. Strisciano dentro il naso, mi rodono la bocca e, oh Dio... Devo riporti nella tua cassettina perché i tarli a frotte cadono dalle mie mani insanguinate che si dimenano nelle tue pagine. Ti chiudo a chiave cosí sarai salvo.

(?)

Oggi mi sento meglio. Mi hanno sfasciato le mani, me le hanno avvolte con delle bende nuove ed ho capito perché mi fanno tanto male. Le estremità delle dita sono state completamente strappate via e cosí due unghie mentre delle altre non ne resta che metà. Scrivere mi fa male ma impazzirò se non lo faccio. Vorrei poter scrivere a Joel ma cosa potrei dirgli? E poi non c'è nessuno in grado di leggere i miei scarabocchi dato che entrambe le mani sono fasciate e sembrano due guantoni da box. I vermi sciamano ancora sul mio corpo ma comincio ad imparare a vivere con loro, oppure sono morta e i medici stanno facendo esperimenti con la mia anima?

(?)

La prima cosa che i vermi hanno mangiato sono stati i miei organi femminili. Hanno quasi finito di mangiarmi la vagina, il seno ed ora sono in azione in bocca e in gola. Vorrei che i medici e le infermiere mi lasciassero morire l'anima, invece stanno ancora facendo degli esperimenti per riunire corpo e spirito.

(?)

Oggi mi sono svegliata con la sensazione di essere sana e razionale. Credo che il viaggio cattivo sia finito. L'infermiera mi ha detto che sono qui da dieci giorni e quando rileggo quello che ho scritto mi rendo conto che devo essere stata completamente fuori di me.

(?)

Oggi, mi hanno messo le mani sotto una specie di lampada al quarzo per affrettare la guarigione. Non mi hanno ancora dato uno specchio ma, da quello che riesco a intuire, devo avere anche il viso, le ginocchia, i piedi e i gomiti dilaniati. In effetti gran parte del mio corpo è ammaccata, lacerata e piena di contusioni. Chissà se le mie mani avranno piú il loro aspetto normale? Le estremità delle dita assomigliano a delle polpette cotte dalla lampada al quarzo. Mi hanno dato un vaporizzatore da usare per diminuire il dolore. Le mani non sono piú fasciate ma vorrei che lo fossero perché sono obbligata a guardarle molto attentamente per essere certa che non ci sono vermi.

(?)

Oggi una mosca è entrata in camera e non riuscivo a smettere di gridare. Temevo che la mosca mi avrebbe depositato uova di larve sul viso, sulle mani e sul corpo. Ci sono volute due infermiere per ucciderla. Devo assolutamente evitare che le mosche mi tocchino. Forse sarò obbligata a smettere di dormire.

(?)

Sono appena scesa dal letto e ho camminato per raggiungere lo specchio. Ho quattro dita del piede steccate ed è facile immaginare che siano rotte; ad ogni modo, riesco appena a riconoscermi. Ho il viso tutto gonfio, graffiato, pieno di segni neri e blu. I capelli mi sono stati strappati a ciuffi interi tanto che ho delle zone completamente calve. Forse non sono io.

(?)

Mi sono nuovamente fratturata un paio di dita del piede mentre mi alzavo e cosí adesso me le hanno ingessate. La mamma e papà vengono a trovarmi tutti i giorni ma non si trattengono a lungo. Non abbiamo molto da dirci finché la mia testa non tornerà a funzionare bene.

(?)

Sento le vertigini ma l'infermiera dice che sono causate dalla commozione cerebrale. I vermi sono quasi spariti. Credo che siano stati uccisi dal vaporizzatore.

(?)

Sono venuta a sapere come ho fatto a prendere l'acido. Papà mi ha detto che qualcuno l'aveva messo in una barra di cioccolato con le noccioline; dev'essere stato proprio cosí perché ricordo d'averla mangiata dopo aver finito di lavare la bambina. Sul momento avevo pensato che la signora Larsen mi aveva lasciato una sorpresa. Ma ora che ci penso non riesco a capire perché la signora Larsen fosse venuta a casa e fosse uscita senza dirmi nulla. Non ricordo assolutamente questa parte della faccenda. A dir la verità è sorprendente che ricordi qualcosa. Forse, anche se cerco di farmi del male, il mio cervello continua a funzionare. Il dottore dice che è normale perché non è cosí facile danneggiarlo per sempre. Speriamo che abbia ragione perché il mio cervello deve aver già ricevuti molti colpi duri.

Ma torniamo a noi. Ricordo che il cioccolato mi fece tornare in mente il nonno perché a lui piaceva molto proprio quello con le noccioline. Ricordo anche che la testa cominciò a girarmi e che sentivo voglia di vomitare. Credo di aver tentato di telefonare alla mamma per chiederle di venire a prendere me e la bambina. Allora ho capito che qualcuno aveva trovato il modo di farmi fare un viaggio. È tutto piuttosto confuso perché quando tento di ricordare è come osservare le mie azioni attraverso delle luci confuse e multicolori. Ricordo comunque di aver cercato di formare il numero di casa e che ci voleva un'eternità per completare ogni numero. Forse il telefono era occupato e non riesco a ricordare quel che è accaduto dopo eccetto che urlavo e che il nonno era là ad aiutarmi. Ma il suo corpo lasciava sgocciolare vermi e larve, multicolori e rilucenti, che cadevano dietro di lui sul pavimento. Cercò di sollevarmi ma le sue mani e le sue braccia divennero quelle di uno scheletro. Pelle, muscoli ecc. erano stati spolpati dai vermi avidi che si torcevano, si dimenavano, scivolavano e brulicavano in ogni parte del suo corpo. Mangiavano e non avevano intenzione di fermarsi. Le orbite dei suoi occhi formicolavano di animaletti striscianti bianchi e viscidi che entravano e uscivano dalla sua carne. Erano anche fosforescenti e giravano vorticosamente uno dietro all'altro.

I vermi e i parassiti a frotte cominciarono a strisciare e a correre verso la stanza della bambina e io cercavo di schiacciarli balzandogli sopra e colpendoli con le mani. Ma piú io ne uccidevo piú loro aumentavano. E poi mi cominciarono a strisciare su mani, braccia, viso e corpo. Erano nel naso, nella bocca e in gola mi soffocavano e mi strangolavano. Vermi, larve e lombrichi che mi distruggevano la carne, che mi consumavano e che strisciavano su di me.

Il nonno mi chiamava ma io non potevo abbandonare la bambina e non volevo neppure andare con lui perché m'intimoriva e mi nauseava. I vermi lo avevano mangiato a tal punto che lo riconoscevo appena. Continuavo a indicare col dito una bara vicina alla sua pur cercando di allontanarmi ma migliaia di cadaveri e di cose morte volevano spingermici dentro e rinchiudere il coperchio su di me. Gridavo a piú non posso cercando di aprirmi una strada con le unghie per uscire dalla bara ma loro mi respingevano.

Se guardo come sono ridotta adesso penso che, quando ho cercato di liberarmi dai vermi, mi sono strappata brandelli di carne e di capelli con le mie stesse mani. Non so come abbia fatto a ferirmi la testa. Forse cercavo di eliminare il cattivo viaggio sbattendola da qualche parte, proprio non ricordo. Sembra che sia passato tanto tempo... Lo scriverne mi ha incredibilmente affaticato. Non sono mai stata cosí stanca in vita mia.

(?)

La mamma e papà credono che qualcuno mi abbia fatto fare il viaggio! È vero, è vero! Mi credono! Credo di sapere chi è stato ma penso anche che non lo si saprà mai. Devo solo cercare di riposare e di star meglio, di fare come dicono i dottori. Non voglio pensare a quel che è accaduto. Grazie a Dio non ho fatto del male alla bambina. Grazie Dio mio.

(?)

Tra pochi giorni verrò trasferita ad un altro ospedale. Speravo di poter tornare a casa perché le mani vanno meglio e perché la maggior parte delle ammaccature sta scomparendo. Il dottore ha detto che ci vorrà un anno prima che le mani tornino veramente a posto con le due unghie completamente ricresciute. Ha aggiunto però che tra qualche settimana dovrebbero avere un aspetto decente.

Il viso mi è quasi tornato normale e una leggera peluria sta crescendo là dove sono calva. La mamma ha portato un paio di forbici e, aiutata dall'infermiera, mi ha tagliato i capelli molto molto corti. Si è trattato di un taglio alla buona, ho infatti i capelli molto ispidi, tutt'altro che un lavoro da professionisti ma la mamma ha detto che potrò andare dal parrucchiere a farmeli sistemare tra una o due settimane o comunque quando potrò uscire dall'ospedale. Ad ogni modo non voglio che nessuno mi veda nello stato penoso in cui mi trovo ora.

Ho ancora gli incubi dei vermi, ma cerco di controllarmi e non ne parlo piú con nessuno. Che cosa ne ricaverei? So che non sono veri e ognuno sa che non lo sono, eppure, alle volte, sembrano cosí autentici che giungo al punto di sentirmi il calore e la morbidezza, appiccicosa e grassa, dei loro corpi. E ogni volta che mi prude il naso o una delle mie molte croste, devo lottare con me stessa per evitare di gridare aiuto.

(?)

La mamma mi ha portato un pacchetto di lettere di Joel. Gli ha scritto dicendogli che sono all'ospedale molto malata. Da allora lui mi ha scritto ogni giorno. Una sera è giunto al punto di telefonare e la mamma, per evitare di impegnarsi troppo, gli ha detto che avevo avuto una specie di esaurimento nervoso.

Be', anche questo è un modo per spiegare la situazione.

22 luglio

Ho intuito che la mamma aveva pianto quando è venuta a trovarmi oggi e cosí ho cercato d'esser molto forte e di far mostra d'esser contenta. Ho fatto bene a farlo perché stanno per mandarmi in manicomio, in una gabbia di matti, in una clinica per malati di mente, in un pontile per mostri, dove potrò andare in giro con gli altri pazzi e dementi. Ho una tale fifa che non riesco neppure a respirare. Papà ha cercato di spiegarmelo in modo molto professionale ma era ovvio che la cosa lo ha completamente sconvolto. Mai quanto me, comunque. Nessuno potrebbe non esserlo.

Mi ha detto che quando il mio caso è stato portato davanti al giudice del tribunale dei minorenni, Jan e Marcie hanno testimoniato che io avevo tentato di vendergli LSD e marijuana per settimane intere e che, nell'ambiente della scuola, ero ben nota per essere una consumatrice e una venditrice.

A dir il vero le circostanze parlavano contro di me. Ho dei precedenti di droga e papà ha detto che, quando la vicina della signora Larsen mi sentí gridare, sia lei che il giardiniere corsero a vedere quel che stava accadendo e, pensando che fossi impazzita mi chiusero a chiave in un armadio a muro, si affrettarono ad andare a vedere la bambina, che apparentemente era stata svegliata dalle mie grida, e telefonarono alla polizia. Tra la telefonata e l'arrivo della polizia, era trascorso un periodo di tempo sufficiente perché mi ferissi seriamente. Avevo scrostato l'intonaco dalle pareti nel tentativo di uscire e avevo anche sbattuto la testa contro la porta fino a procurarmi la commozione cerebrale e la frattura del cranio.

E adesso mi vogliono mandare in manicomio. Quello è, forse, il luogo che mi si addice piú di ogni altro. Secondo papà non dovrò rimanerci a lungo dato che darà subito inizio ad un'azione legale per farmi rilasciare e per affidarmi ad un buon psichiatra.

La mamma e papà insistono a chiamare il posto dove andrò un centro per giovani ma non la danno a bere a nessuno. Non la danno a bere neppure a se stessi. Mi mandano in manicomio! Non riesco a capire come sia possibile. Ma com'è possibile? Ci sono altre persone che fanno dei brutti viaggi ma non per questo vengono mandate in manicomio. Mi si dice che i miei vermi non sono veri, tuttavia mi mandano in un posto che è peggio di tutte le bare e di tutti i vermi messi insieme. Non capisco perché sia toccato proprio a me. Sono precipitata fuori della crosta terrestre e la mia caduta non avrà mai fine. Oh, per favore, fate che non mi ci portino. Fate che non mi mettano insieme a dei pazzi. Mi fanno paura. Per favore lasciatemi andare a casa a dormire nella mia stanza. Ti prego Dio mio.

23 luglio

Oggi è venuto a prendermi un poliziotto che mi ha portata all'ospedale psichiatrico statale dove sono stata immatricolata, catalogata, interrogata ecc. ecc. Non mi hanno preso le impronte digitali. Poi sono stata condotta nell'ufficio di uno psichiatra che mi ha parlato per un po'. Non avevo niente da dirgli perché non riuscivo neppure a pensare. L'unica cosa che mi girava per la testa era: "Ho paura, ho paura, ho paura."

Sono stata quindi condotta in un vestibolo vecchio, puzzolente, brutto, triste, scrostato, fino ad una porta chiusa a chiave che è stata aperta e poi richiusa, sempre a chiave, alle mie spalle. Il cuore mi batteva cosí forte che pensavo che sarebbe esploso spruzzando l'intero vestibolo. Lo sentivo battere nelle orecchie e riuscivo appena a mettere un piede dietro l'altro.

Abbiamo camminato per un corridoio infinitamente lungo e scuro e ho potuto gettare occhiate a un po' delle persone che stanno qui. Ora so che questo posto non è per me. Non riesco a smettere di pensare a quel che si deve provare in un mondo di pazzi, un mondo intero fatto di pazzi. Fuori e dentro. Questo posto non è per me ma ci sono. Folle, no? Cosí, come vedi, mio caro amico, mio unico amico, non si può andare da nessuna parte perché il mondo intero è pazzo.

24 luglio

La nottata è stata interminabile. Qui potrebbe accadere di tutto senza che nessuno lo venga mai a sapere.

25 luglio

Questa mattina sono stata svegliata alle sei e mezza per la colazione. Non l'ho mangiata. Tutta tremante e con gli occhi assonnati, sono stata condotta per il lungo corridoio oscuro fino alla grande porta di metallo con una finestrella sbarrata in mezzo. La porta è stata aperta con un gran strepito di chiavi e ci siamo trovati dall'altra parte. Poi ci fu un altro strepito di chiavi. I guardiani diurni parlavano molto ma non riuscivo ad ascoltarli. Avevo le orecchie otturate, probabilmente per via della paura. Quindi sono stata portata al Centro Giovanile che distava due edifici dal mio e siamo passati davanti a due uomini in cattivo arnese, controllati da un altro sorvegliante, che ammassavano foglie con un rastrello.

Al Centro Giovanile c'erano cinquanta, sessanta, forse perfino settanta ragazzi che bighellonavano in attesa di andare in classe o di fare ciò che dovevano. Sembravano tutti piuttosto normali a parte una ragazza alta e grossa, piú o meno della mia stessa età, ma che era piú alta di me di una spanna e che pesava una trentina di chili in piú. Era stupidamente distesa sotto una macchinetta per il gioco del flipper nella sala da ritrovo e c'era anche un adolescente che dondolava la testa borbottando parole senza senso.

Suonò una campana e tutti i ragazzi se ne andarono eccetto i due rincretiniti. Mi lasciarono nella sala da ritrovo con loro. Alla fine una donna grande e grossa (l'infermiera addetta alla scuola) entrò dicendomi che, se volevo avere il privilegio di andare a scuola, sarei dovuta andare a trovare il dottor Miller per firmare un impegno in cui dicevo d'esser pronta a rispettare i regolamenti del Centro.

Risposi d'esser pronta, ma il dottor Miller non c'era e cosí trascorsi il resto della mattinata nella sala da ritrovo a osservare i due scimuniti, lei che dormiva e lui che dondolava la testa. Mi chiedevo che impressioni gli facessi col mio viso in via di guarigione e i miei capelli che sembravano tagliati con la falce.

Per tutta l'interminabile mattinata i campanelli continuarono a suonare e un po' di gente andava e veniva. Su un tavolinetto rotondo all'ingresso c'era un pacco di riviste ma non potevo leggerle. Il cervello correva con la velocità del lampo ma senza alcuna direzione.

Alle undici e mezza Mary, l'infermiera, mi ha mostrato la sala da pranzo. I ragazzi bighellonavano senza meta e nessuno di loro, ne sono certa, sembrava pazzo abbastanza da dover essere rinchiuso ma era ovvio che lo erano tutti. Il pranzo consisteva di maccheroni, di un pezzo di formaggio con qualche fettina di mortadella, di fagiolini in scatola e di una specie di budino gelatinoso. Il tentativo di mangiare si è risolto in una gran perdita di tempo. Non riuscivo a buttar giú niente che superasse il nodo che avevo in gola.

Moltissimi ragazzi ridevano e scherzavano tra di loro ed era piuttosto ovvio che chiamavano per nome gli insegnanti, i terapisti e gli assistenti sociali. Tutti tranne i medici. Nessuno di loro sembrava impaurito com'ero io. Avevano avuto paura quando erano giunti lí? Hanno ancora paura ma lo dissimulano bene? Non riesco a capire come facciano a vivere qui. A dir il vero il Centro Giovanile non è brutto come i reparti. Sembra una piccola scuola ma l'ospedale in sé è insopportabile. Coi suoi corridoi puzzolenti, la sua gente squallida e le sue porte sbarrate e piene di catenacci. È un orribile incubo, è un brutto viaggio, è un'allucinazione, è tutto ciò che di orribile riesco a immaginare.

Finalmente il dottor Miller è tornato nel pomeriggio e sono riuscita a parlargli. Lui mi ha detto che né l'ospedale, né il personale, né gli insegnanti, né il programma, che pure aveva avuto molto successo, avrebbero potuto aiutarmi se io non lo avessi fatto per prima e da sola. Mi ha anche detto che prima di riuscire a vincere il mio problema dovevo ammettere di averne uno. Ma come posso farlo se non ce l'ho? Ora so che potrei resistere alla droga anche se ci affogassi dentro. Ma come potrò mai convincere qualcuno, eccetto papà, la mamma, Tim e, lo spero, Joel che quest'ultima volta non ho preso niente intenzionalmente? Sembra incredibile, ma la prima volta che ho preso la droga e anche quest'ultima, quella che mi ha fatto approdare in manicomio, l'ho presa senza saperlo. Oh, nessuno può credere che una persona abbia potuto essere cosí sciocca. Riesco a malapena a crederlo io anche se so che è vero.

Come faccio, comunque, ad ammettere qualcosa quando ho tanta fifa da non riuscir neppure a parlare? Ero là, seduta nell'ufficio del dottor Miller, che annuivo per evitare di aprire la bocca. Comunque, non sarei riuscita a proferir parola.

Alle due e mezza i ragazzi sono usciti di scuola. Alcuni di loro sono andati a giocare a palla e una parte è rimasta per la terapia di gruppo.

Mi sta tornando alla mente quello che mi hanno detto il primo dottore che ho visto e il poliziotto. I ragazzi appartengono a due gruppi. Quelli del primo gruppo obbediscono a tutte le regole e vengono dimessi. Ottengono tutti i privilegi che sono loro offerti. Il gruppo due è piú o meno fisso qui. Non obbediscono alle regole, perdono la testa, imprecano, rubano, hanno attività sessuali ecc. ecc. Quindi la loro libertà è limitatissima. Spero che qui non ci sia hashish. So di poter resistere alla tentazione ma non credo che sarei in grado di affrontare altri problemi senza uscirne veramente matta. Secondo me i dottori sanno quel che fanno ma io mi sento sola, perduta, impaurita. Forse sto uscendo di senno.

Alle quattro e mezzo è giunto il momento di rientrare in reparto per esservi rinchiusi come animali allo zoo. Oltre a me nel mio reparto ci sono altre sei ragazze e cinque ragazzi. Ringrazio Dio che sia cosí perché non avrei potuto tornarci da sola. Comunque ho notato che tutti hanno avuto un brivido quando la porta si è chiusa dietro di noi con un gran fracasso.

Mentre entravamo una donna piú vecchia di noi ha detto che tutto era stato calmo e tranquillo fino a quel momento. La piú giovane di noi si è voltata dicendole: "Vai a farti fottere." La cosa mi ha sorpresa a tal punto che ho alzato gli occhi per vedere se le sarebbe caduto il soffitto in testa. Ma nessuno ci ha badato tranne me.

26 luglio

La ragazzina di cui ti ho parlato ieri è nella stanza accanto alla mia. Ha tredici anni e sembra sempre sul punto di piangere. Quando le ho chiesto da quanto tempo si trovava qui la sua risposta è stata: "Da sempre, semplicemente da sempre."

All'ora di cena abbiamo camminato insieme per raggiungere il posto dove mangiamo e ci siamo sedute, senza mangiare, ad uno dei lunghi tavoli. Il resto della serata lo abbiamo trascorso girellando per il reparto senza una meta precisa e senza aver niente da fare. Desiderei moltissimo parlare alla mamma e a papà di questo posto ma non lo farò. Ne ricaverebbero solo un'altra ragione d'ansia.

Una donna anziana del nostro reparto è un'alcolizzata libidinosa che mi spaventa molto. Comunque mi preoccupo piú per Babbie che per me. Cosa si può fare per evitare che questa creatura schifosa ci faccia delle proposte? Lei ha fatto dei gesti stasera quando le siamo passate davanti e ho chiesto a Babbie se potevamo far qualcosa per difenderci da lei. Ma Babbie non ha fatto altro che scrollare le spalle e ha detto che avremmo potuto denunciarla alla sorvegliante ma che era meglio ignorarla.

Poi è successo qualcosa di strano e di terrificante. Eravamo sedute in una delle stanze di "ricreazione" a osservare gli altri osservarci. Eravamo scimmie che osservavano altre scimmie e quando ho chiesto a Babbie se non avrebbe preferito parlare nella mia stanza, la sua risposta è stata che non era possibile fare all'amore nelle nostre stanze ma che avremmo potuto arrangiarci l'indomani nel magazzino. Non ho saputo risponderle lí per lí. Credeva che tentassi di sedurla ed ero cosí sbalordita che non ho potuto aprir bocca. Piú tardi ho cercato di spiegarle ma lei ha cominciato a parlare di se stessa come se fosse stata sola.

Ha detto di aver tredici anni e di prendere la droga da due. I suoi genitori divorziarono quando aveva dieci anni e lei fu mandata a vivere con suo padre che fa l'imprenditore e che nel frattempo si era risposato. Penso che per un po' le cose le andassero bene ma lei provava gelosia per i figli della matrigna sentendosi messa da parte come un'estranea. Allora cominciò a passare sempre piú tempo lontana da casa dicendo alla matrigna di aver delle difficoltà a scuola e di aver quindi bisogno di andare in biblioteca ecc. ecc. Le solite scuse perché in effetti andava a scuola solo un giorno sí ed uno no. Ma, visto che portava ancora a casa dei buoni voti, i suoi non se ne diedero molto pensiero. Alla fine ci fu una telefonata dalla scuola perché era assente tanto spesso. Ma lei disse a suo padre che la scuola era cosí grande e cosí grande il numero degli studenti che gli insegnanti non sapevano neppure chi era presente e chi assente. Non capisco com'abbia fatto suo padre a credere anche a questa storia ma in effetti le credette, non farlo gli avrebbe dato troppi grattacapi.

Ad ogni buon conto, la verità di quel che stava accadendo era che Babbie aveva fatto la conoscenza della droga grazie ad un uomo di trentadue anni da lei incontrato un pomeriggio al cinema. Non mi ha raccontato i dettagli ma immagino che lui l'abbia iniziata alla droga e alla vita in generale. Pochi mesi dopo cominciò a galleggiare nel vasto mare del mondo e scoprí che era molto facile avere incontri con altri uomini. E in effetti a dodici anni era già una prostituta bambina. Mi raccontava queste cose con tanta calma che mi sentivo strappare il cuore. Ma se anche avessi pianto (non lo feci) non credo che lo avrebbe notato, distaccata com'era dalla realtà.

Dopo aver preso droghe per un anno circa i suoi genitori, dalla vista cosí acuta, cominciarono a sospettare. Ma anche allora non affrontarono il problema alla radice. Cominciarono solo a farle delle domande e a scocciarla, e cosí lei derubò il primo uomo che incontrò al cinema e prese un autobus per Los Angeles. Un'amica le aveva detto che non era mai stato difficile per delle prostitute bambine sbarcare il lunario e, secondo Babbie, era vero. Il secondo giorno a Los Angeles, mentre andava in giro, incontrò un'"amica," una donna elegantissima che la portò in un grande appartamento del Boulevard... Quando arrivò là, nel soggiorno c'erano delle altre ragazze della sua stessa età e delle bomboniere con delle pillole sparse per l'appartamento. Nel giro di mezz'ora era completamente stonata.

Piú tardi, finito il viaggio, la donna le disse che avrebbe potuto vivere a casa sua e andare a scuola. Le disse anche che avrebbe dovuto lavorare per lei un paio d'ore al giorno, soprattutto nel pomeriggio. Cosí si iscrisse a scuola spacciandosi per nipote della donna e cominciò a vivere come una prostituta bambina d'alto bordo. Mentre Babbie viveva là, la donna aveva quattro "nipoti" che stavano con lei. L'autista le portava a scuola e le andava a riprendere e loro non vedevano un centesimo dei soldi che facevano. Babbie disse che trascorrevano la maggior parte del giorno sedute là come delle scimmie, senza quasi parlare e non andando mai da nessuna parte.

Mi sembrava cosí incredibile questa storia che cercai di farle delle domande ma lei continuò a parlare. Era cosí triste e distante che certamente diceva la verità. E poi dopo quello che ho passato io, penso di poter credere a tutto. Non è triste trovarsi in un posto dove tutto è talmente incredibile che si può credere a tutto? È triste, amico mio, lo credo davvero, sia pure con disperazione.

Dopo qualche settimana Babbie fuggí e con l'autostop andò fino a San Francisco. Ma una volta arrivata, quattro ceffi la bastonarono e la violentarono. Quando poi chiese l'elemosina per telefonare a casa non trovò nessuno che le regalò del danaro. Ha detto che sarebbe tornata a casa anche in ginocchio e che si sarebbe fatta incatenare nell'armadio a muro ma quando le chiesi perché non era andata dalla polizia o all'ospedale, lei cominciò a gridare e a sputare per terra.

Credo che alla fine sia riuscita a mettersi in contatto coi suoi genitori ma quando questi giunsero a San Francisco lei se ne era già andata con un tipo che aveva messo su un laboratorio per fare l'LSD. Tutti due s'impegolarono in una qualche comune di merda e alla fine è approdata qui, proprio come me.

Oh, diario, sono tanto felice di averti perché qui

in questa gabbia d'animali non c'è proprio niente da fare e sono tutti cosí pazzi che non potrei vivere senza di te.

C'è una donna da qualche parte lungo il mio corridoio che si lamenta, geme e fa dei rumori che non appartengono a questo mondo. Se anche metto le mie mani cosí malridotte sugli orecchi e il cuscino in testa non riesco a eliminare questi orribili suoni gorgoglianti. Sarò ancora in grado nella mia vita di riuscire a dormire senza dovermi tenere la lingua tra i denti per evitare di gorgogliare parole e senza avere ondate di terrore che mi si riversano nel cervello quando penserò a questo posto?. Non può essere vero! Sono ancora in preda al mio brutto viaggio. Dev'essere cosí. Chissà se domani manderanno qui degli autobus pieni di bambini delle scuole che ci daranno da mangiare le noccioline attraverso le sbarre?

27 luglio

Caro diario,

credo proprio d'aver perso il cervello o almeno di non riuscire a controllarlo piú perché ho appena finito di provare a pregare. Volevo chiedere a Dio di aiutarmi ma riuscivo ad emettere solamente delle parole, parole oscure ed inutili che non facevano altro che cadere sul pavimento accanto a me e che rotolavano negli angoli e sotto il letto. Ho provato, ho provato sul serio a ricordare cosa segue a "Ora mi metto a dormire..." ma quelle sono solo parole, parole inutili, artificiose, pesanti che non hanno né significato né potere. Sono come il delirio vomitato da quella donna folle che fa parte della mia famiglia di ricoverati. Sproloqui verbali, inutili, vani senza potere né gloria. Alle volte penso che solo con la morte si può uscire da questa stanza.

29 luglio

Oggi mi è stato concesso il privilegio di andare a scuola, e qui si tratta proprio di un privilegio. Non c'è nulla di piú squallido, triste o vuoto che star seduti senza aver niente da fare, avendo innanzi milioni di ore interminabili per farlo.

Devo aver pianto nel sonno perché stamane il mio cuscino era madido e umido, ed io completamente esausta. I ragazzi delle medie hanno due insegnanti e anche noi. Sembrano entrambi buoni e la maggior parte dei ragazzi è, almeno in apparenza, piuttosto tranquilla. Il motivo, credo, è che hanno paura di essere rispediti nella terra di nessuno, un mondo di vagabondaggi e di solitudine.

Secondo me la gente può adattarsi a tutto, anche ad essere rinchiusa in manicomio. Stanotte, quando hanno chiuso l'enorme portone, non mi sono neppure sentita tanto depressa, forse perché non ho piú lacrime da piangere.

Io e Babbie siamo rimaste sedute a parlare per un po' e le ho tirato su i capelli ma ogni gioia e spontaneità è scomparsa dalla mia vita. Comincio a tirare avanti e a esistere proprio come lei.

Le altre ragazze del reparto parlano, scherzano, guardano la televisione, sgattaiolano in bagno per fumare mentre io e Babbie cerchiamo unicamente di restare noi stesse.

Qui fumano tutti e i corridoi sono pieni di vapori e cerchi di fumo grigio. Infatti non trova sfogo da nessuna parte: sembra intrappolato e confuso come gli ammalati.

Gli inservienti vanno in giro con grosse chiavi sferraglianti spillate ai grembiuli. Il continuo suono delle chiavi che si urtano tra di loro ti ricorda ossessivamente dove sei e ti deprime.

30 luglio

Stasera Babbie è scesa nella sala di ricreazione per guardare la televisione e mi sento gelosa. Finirò per essere anch'io una vecchiaccia inacidita, arrabbiata con qualche ragazza che ha donato il suo affetto ad una donna piú anziana di lei che ha però un pacchetto di sigarette da spartire?

Non può essere cosí! Non può succedere proprio a me!

31 luglio

Quando le lezioni sono finite abbiamo avuto una seduta di terapia di gruppo nella sala di ricreazione del Centro Giovanile. È stato molto interessante ascoltare i ragazzi. Morivo dalla voglia di chiedergli quel che hanno provato la prima volta che sono venuti qui ma non ho osato aprir bocca. Rosie era arrabbiata perché pensava che i ragazzi la ignorassero e loro le hanno risposto che non era cosí semplice stare con lei: perché aveva cercato di monopolizzare i ragazzi del Centro appiccicandosi e abbarbicandosi a loro. Dapprima si è arrabbiata e ha cominciato a insultarli ma penso che, prima della fine della seduta, sia riuscita a conoscersi un po' meglio, o almeno dovrebbe essere cosí.

Hanno poi discusso su come gli altri "alimentino i loro problemi"; è stato molto interessante. Forse il tempo che passo qui riuscirà a fare effettivamente di me una persona piú capace.

Dopo la terapia, Carter, che attualmente presiede il gruppo, (viene eletto un nuovo presidente ogni sei settimane) si è fermato a parlare con me. Mi ha detto di sentirmi libera di mettere in piazza pensieri, timori e rabbie perché possano venir esaminati. Mi ha detto anche che, se vengono tenuti dentro, sembrano tutti amplificati e distorti, sproporzionati insomma. Ha aggiunto che quando è arrivato qui s'era tanto impaurito che per tre giorni aveva letteralmente perso la voce. Il suo corpo si rifiutava di parlare. Era stato mandato qui soprattutto perché nessuno sapeva come prenderlo. Era stato in cosí tanti riformatori, scuole speciali, case adottive che aveva perso il conto ma il pensiero di trovarsi in un ospedale psichiatrico gli aveva fatto dare i numeri.

Mi ha detto che è possibile uscire dal secondo gruppo una volta che si sono compiuti certi progressi e che si è data prova d'esser sotto controllo. Aveva fatto parte un paio di volte al primo gruppo ma era stato sempre rimandato al secondo a causa del suo caratteraccio. Mi ha anche detto che tra un paio di settimane i ragazzi del primo gruppo andranno a fare un viaggio in autobus fino ad una grotta nelle montagne e che poi la visiteranno. Oh, voglio andarci anch'io! Devo assolutamente uscire di qui. Lo devo fare ad ogni costo!

1° agosto

Oggi mi sono venuti a trovare la mamma e papà. Credono ancora alla mia versione dei fatti e papà è andato a trovare Jan. Pensa di poter riuscire a convincerla a ritirare la sua deposizione o almeno il punto in cui afferma che avevo cercato di venderle della droga.

Sono lieta di fare la terapia di gruppo. Ora forse riuscirò a trarre profitto dall'essere qui invece che esserne distrutta.

2 agosto

Oggi ho avuto una seduta coi dottor Miller e penso che anche lui mi creda! Mi è sembrato contento all'idea che io diventi un'assistente sociale e crede che ci sia un gran bisogno di gente che comprende quel che accade nel mondo della droga. Mi ha suggerito di interrogare qualche ragazzo di qui sul suo passato, perché ciò dovrebbe aiutarmi a capire la gente. Mi ha avvertito però di non farmi impressionare troppo da alcune delle cose che avrei scoperto. Crede ancora che ci siano delle cose di questo mondo che riescono ad impressionarmi. È un bene che non conosca tutto il mio passato, ma è davvero cosí?

All'inizio pensavo d'esser troppo timida per poter chiedere apertamente ai ragazzi di raccontarmi il loro passato. Mi ha risposto che se avessi detto ai ragazzi il motivo per cui volevo parlare con loro, era certo che mi avrebbero aiutato. Non sono ancora sicura di voler ficcare il naso nella vita di altra gente. Non sono affatto sicura di volergli raccontare la mia vita. Per quanto penso che lo farei, a parte le sue parti peggiori.

Stasera ho guardato la televisione per un po' ma in questo reparto ci sono solo sei ragazze e trenta donne piú anziane di noi e, visto che dobbiamo votare sul programma da vedere, naturalmente vincono loro. Non importa, preferisco leggere o scrivere. Sto cercando di convincere Babbie a leggere e forse domani prenderà un libro alla biblioteca del Centro Giovanile, se insisto abbastanza. Se riesce a concentrarsi, questo l'aiuterà a non pensare ai suoi problemi. La sua assistente sociale sta cercando di trovarle una famiglia adottiva ma, coi suoi precedenti, sembra difficile e, apparentemente, i suoi genitori non la vogliono piú. È triste, no?

3 agosto

Oggi è stata una giornata bellissima, calda e pigra. Eravamo stesi sul prato quando mi sono fatta coraggio e ho chiesto a Tom che è nella sezione maschile del mio reparto perché si trovava lí.

Tom è un ragazzo bello, simpatico e estremamente lucido. Ha quindici anni ed è una di quelle persone con cui la gente si trova immediatamente a suo agio. Mi ha detto di venire da una famiglia solida, tranquilla, senza problemi e che in terza media era stato eletto il ragazzo piú amato della scuola. Credo che sarei stata eletta come la ragazza piú scema della scuola se da noi avessero fatto qualcosa del genere.

La primavera scorsa lui e tre dei suoi amici avevano sentito dire che era bello annusare colla e pensarono che la cosa fosse piuttosto eccitante. Cosí ne comprarono un paio di tubetti e provarono. Stando a lui, loro erano cotti e la cosa gli piacque moltissimo. Guardandolo negli occhi potevo capire che la pensava ancora cosí.

Mi ha detto che facevano un gran baccano gridando e rotolandosi sul pavimento e cosí il padre di uno di loro si era messo a urlargli di star zitti. Pensava che stessero facendo a botte come al solito.

Una settimana piú tardi gli stessi tre provarono, senza alcun gusto, il whisky del padre di Tom e trovarono che fosse piú difficile da reperire che non erba e pillole. Mi ha detto qualcosa che avevo già sentito prima e cioè che i genitori non sono mai sprovvisti di pasticche per la dieta, di tranquillanti, aspirine, anfetamine, sonniferi, o di una qualsiasi di quelle altre cose in grado di dar la "scossa" ai ragazzi quando non riescono a metter le mani su qualcosa d'altro. E cosí tutto fu facile per lui all'inizio ma dopo sei mesi aveva bisogno di tanto denaro da dover andare a lavorare. E cosí fece domanda d'assunzione nel posto piú logico, una farmacia. Passò molto tempo prima che il direttore riuscisse a capire quel che accadeva alla sua scorta di pillole. Quando finalmente lo capí, licenziò Tom per evitare di creare imbarazzo alla sua famiglia. Non parlò mai della faccenda con nessuno e cosí la cosa restò tra Tom e il direttore della farmacia. Comunque Tommy non se la prese d'esser stato licenziato perché ormai era giunto al punto di prendere le droghe piú forti e perciò la cosa non lo interessava troppo. Un suo amico gli aveva fatto provare l'eroina e cosí lui iniziò a vender droga alla media per pagarsi il vizio. Poi è finito qui e, secondo me, fanciulla ancora acerba, è ancora fissato visto che anche adesso si cuoce soltanto a parlarne. Ho notato che Julie che era seduta piuttosto vicino a noi ha avuto quasi la stessa reazione di Tom. È come osservare qualcuno che sbadiglia. Ne rimani contagiato e cominci anche tu a sbadigliare. Sono felice di non avere provato nulla, ma vorrei quasi non avergli parlato perché mi sono sentita davvero depressa osservando che sia lui sia Julie non vedono l'ora di uscire da qui per ricominciare la loro antica esistenza.

Oh, odio questo posto! Il bagno sporco che puzza d'urina, le gabbiette dove la gente viene chiusa sotto chiave se infrange le regole, la vecchia piromane che è in una delle gabbiette quasi in continuazione. Lo detesto. Ma la gente è la cosa peggiore di tutte.

4 agosto

Oggi siamo andati a nuotare. Mentre ritornavamo sull'autobus mi sono messa a sedere accanto a Margie Ann che mi ha detto di non voler neppure uscire di qui. Secondo lei infatti appena uscirà i ragazzi saranno lí, pronti a scocciarla per cercare di convincerla a fuggire nuovamente e in questo momento sa di non poter dir di no. Poi mi ha guardato dicendomi: "Perché non fuggiamo, noi due sole. So dove potremmo procurarci un sacchetto pieno di ogni ben di Dio."

5 agosto

Oggi la mamma e papà sono tornati a farmi visita e mi hanno portato una lettera di Joel lunga dieci pagine. La mamma avrebbe desiderato che la leggessi subito ma ho preferito aspettare d'essere sola. È una cosa tutta mia e non voglio farne partecipe nessuno eccetto te. E poi penso d'avere un po' paura perché papà ha detto a Joel la verità sul mio conto, perlomeno tutto quello che sa. Cosí penso di attendere fino a piú tardi prima di aprirla. Papà ha anche detto di essere riuscito finalmente ad ottenere che Jan firmi una deposizione secondo la quale io non vendevo droga a scuola. Ora sia lei sia papà stanno cercando di convincere Marcie a ritrattare la sua dichiarazione. Secondo papà, se le cose andranno cosí, sarà in grado di farmi uscire di qui in un baleno.

Ho paura a sperare ma non posso impedirmelo e l'idea di sperare in questo luogo senza speranza mi fa venir voglia di piangere.

Piú tardi

La lettera di Joel è bellissima. Avevo una gran paura di leggerla ma ora sono lieta d'averlo fatto. È la persona piú affettuosa, adorabile, comprensiva e indulgente che ci sia al mondo e non vedo l'ora che giunga l'autunno quando potremo essere di nuovo insieme. So che non avrò altri problemi di droga ma mi sento tanto scema, immatura, infantile, goffa, inverosimile e debole che dovrò lavorare duro perché Joel sia fiero di me. Oh, vorrei che lui potesse esser qui ora e vorrei anche esser forte come il resto della mia famiglia. Lo vorrei con tutto il cuore.

8 agosto

Oh che giornata gloriosa, magnifica, incredibile e fantastica! Giornata con uccelli che cinguettano, col sole che brilla e con tanti fiori. Non riesco a dirti la mia gioia. Sto per uscire di qui! Sto per tornare a CASA! I documenti verranno firmati oggi e papà e la mamma verrano a prendermi domani. Oh, domani sembra lontano una vita. Ho un gran desiderio di urlare di gioia ma questo farebbe tornare i miei carcerieri che mi chiuderebbero in cella. A dir il vero non mi sto comportando onestamente nei confronti di questo posto. Per quanto sia orribile è sempre meglio della galera. Kay ha detto che se fosse stata mandata in riformatorio avrebbe imparato tutti i trucchi possibili e immaginabili. Qui invece usa solo quelli che già conosce. Secondo me questo è vero per tutti noi.

Non riesco ancora a credere che sto per tornare a casa. Ci dev'essere qualcuno lassú che mi aiuta. Probabilmente il caro vecchio nonno.

Piú tardi

Dato che non riuscivo ad addormentarmi, mi sono alzata e ho cominciato a pensare a Babbie. Mi sento in colpa visto che io me ne vado e lei invece resta. Forse quando mi sentirò forte e quando l'incubo della mia vita si placherà un poco, potremo tornare qui a prenderla. Ma queste sono fantasie infantili. La vita non va proprio cosí, peccato. Ma ora non posso piú pensarci.

9 agosto

Eccomi finalmente a casa una volta per sempre. Tim e Alex erano cosí felici di vedermi che mi sono sentita un verme per avergli rovinato tutti questi mesi. E poi quando è giunto Felicità a leccarmi il volto e le mani, ho pensato che la mamma avrebbe pianto. Ero anche felice che il nonno e la nonna non sono vivi perché cosí non dovrò vedere la loro reazione al mio ritorno.

Credo che papà abbia capito quel che provavo perché era molto caro e premuroso. Caro, caro papà, capisce sempre tutto. Dopo che avevamo chiacchierato per un po', ha suggerito che io salissi in camera mia a dormire. L'idea era perfetta visto che volevo starmene completamente sola nella mia stanza con le mie belle tende, la mia carta da parati, il mio letto, che volevo sentirmi circondata dalla mia casa mentre la mia meravigliosa, affettuosissima famiglia era di sotto. Gli sono molto, molto grata che non mi odino perché ci sono già io ad odiare me stessa in molti modi diversi.

10 agosto

Caro diario,

sono le due di notte e ho appena provato il sentimento piú dolce che abbia mai avuto in vita mia. Ho cercato di ricominciare a pregare. A dir la verità, stavo cercando di ringraziare Dio per avermi fatto uscire di là quando ho cominciato a pensare a Jan e a Marcie. Allora per la prima volta ho desiderato veramente che Dio aiutasse anche loro. Ho provato il fortissimo desiderio che si rimettano sulla strada giusta senza dover finire in un ospedale psichiatrico. Oh Dio, ti prego, spero che ci riescano. Ti prego, aiutale e aiuta anche me.

12 agosto

È possibile che papà debba tornare all'est per un paio di settimane per completare un corso all'università, non è splendido? Naturalmente il professor... che ha avuto un attacco cardiaco non la penserà proprio cosí; spero comunque che guarisca. Ad ogni modo, papà lo sostituirà all'ultimo momento e tutti noi andremo a stare nella splendida casa del professor... ecc. ecc. Non è meraviglioso?

14 agosto

L'unica stanza libera al motel era una camera matrimoniale e cosí io e Alex abbiamo un letto, la mamma e papà l'altro, mentre Tim è costretto a dormire per terra perché non c'è piú neppure una brandina libera. Lui comunque non se la prende, dice che è come essere in campeggio. Stiamo tirando a sorte per vedere chi dovrà usare il bagno per primo. Io sarò l'ultima ma va benissimo cosí perché volevo scriverti.

Sarebbe tutto perfetto se solo Joel fosse qui. Lui è l'unico elemento positivo che manca alle nostre vite ma comunque credo che qui ci sarebbe un po' troppa confusione a dover dividere in sei la stessa stanza e lo stesso bagno quando noi non siamo nemmeno sposati. Se lo fossimo, potrebbe essere ancor piú imbarazzante ma non voglio neppure pensare a questa eventualità. Non voglio piú fare all'amore, sono fermissima su questo punto, finché non avrò preso un uomo con cui vivere nel bene e nel male finché morte non ci separi e anche allora penso che saremo ancora insieme. Non riesco proprio ad immaginare un Dio giusto che separi le persone che si amano dopo che sono salite in Cielo. Il nonno e la nonna, papà e mamma non potrebbero mai essere felici se non insieme. Sono certa che la nonna è morta perché non poteva sopportare d'esser separata dal nonno. Le andava tutto bene ma non poteva andare avanti senza di lui.

Mi domando se la mamma abbia mai baciato un altro uomo oltre a papà. Oh, sono certa che l'ha fatto perché a volte papà la prende in giro a proposito di Humphrey, so però che lei non ha mai fatto all'amore con questo Humphrey. Non credo che fossero molte le ragazze che facevano all'amore quando papà e la mamma erano giovani. Vorrei che le cose andassero cosí anche adesso. Sarebbe molto piú facile essere vergine, sposare qualcuno e poi scoprire qual è il senso della vita. Come sarà invece per me? Le cose potrebbero andare molto bene perché in pratica sono vergine nel senso che ho fatto all'amore solo quando ero stonata e sono certa che senza droghe avrò una fifa blu. Spero di riuscire a dimenticare tutto quello che mi è successo dopo che mi sarò sposata con qualcuno che amo. Questo è un bel pensiero che dà sicurezza, no? Andare a letto con qualcuno che amo.

È arrivato il mio turno di usare il bagno e cosí me ne devo andare.

Ciao.

17 agosto

Bene, ci siamo sistemati. Oggi papà comincia a far scuola e oggi pomeriggio andremo a dare un'occhiata alla città. Era buio quando siamo arrivati ma, almeno in questo quartiere, è incredibile, tutto è verde, lussureggiante e fresco. Sono molto felice che siamo qui. Due giorni e una notte di automobile ci hanno messo sulle ginocchia e, anche se era divertente e interessante vedere alcune parti del paese, siamo contenti di esserci sistemati. Papà dice che impiegheremo piú tempo per tornare a casa e che, forse, potremmo passare per Chicago e fermarci a trovare Joel. Non sarebbe splendido? Ho paura di smetter di toccar ferro persino per mangiare e per scrivere.

20 agosto

Riesci a immaginarmi ad un tè all'università? E, ancor piú sorprendente, riesci ad immaginare che io mi sia divertita anche se c'era un po' troppa etichetta? Sto davvero diventando adulta.

Ciao.

22 agosto

Be', non ci saranno piú giri d'esplorazione per quell'oca che sono io. Ieri sono finita in un grosso cespuglio di edera velenosa e cosí mi sono messa in un altro pasticcio. Nei paraggi non ce n'è molta ma non è nemmeno da chiedere chi ci è cascato dentro!

Sono gonfia, arrossata, tutto il corpo mi prude, gli occhi sembrano due palloncini e sono quasi chiusi. Sono bellissima! È venuto il dottore e mi ha fatto un'iniezione. Comunque non ha dato delle gran speranze. Accidenti!

24 agosto

Non sapevo che l'edera velenosa fosse cosí contagiosa, ma adesso ce l'ha anche Alex, deve averla presa toccando i miei vestiti o qualcosa del genere. Il suo caso non è brutto come il mio ma anche lei è tormentata dal prurito. Dall'università è venuto qualcuno per sapere il posto esatto in cui sono andata a finire nel cespuglio perché lo si possa strappar via. Purtroppo non ricordavo nemmeno com'è fatto.

27 agosto

Evviva! andiamo a New York per il week-end. Domani, io, la mamma, Tim e Alex prenderemo il treno, e non saremo di ritorno che lunedí. Non è meraviglioso? I negozi e tutto il resto, non vedo l'ora. L'edera velenosa si è ridotta a delle macchioline rosse e sono sicura di poterle coprire col trucco. Lo spero, lo spero proprio. Domani prenderemo il treno delle sette e quindici e papà dice che mi potrò comprare un sacco di cose nuove per andare a scuola. Hurrà! Hurrà!

29 agosto

A Manhattan è caldo e afoso da non credere. Va tutto bene finché si resta nei grandi magazzini ma quando si esce in strada è come camminare in un forno. Il calore sale dai marciapiedi a ondate e non riesco a capire come faccia a sopportarlo la gente che sta qui. Joel dice che a Chicago è la stessa cosa ma mi è difficile credergli. Va be', abbiamo trascorso la maggior parte della mattinata a far compere da Bloomingdale e poi nel pomeriggio, siamo andati al cinema a Radio City proprio per evitare l'afa.

Abbiamo preso la metropolitana e questo è stato l'errore piú grave che avessimo potuto fare. La metropolitana rigurgitava di gente al punto che ce ne sentivamo avviluppati come crauti in scatola e il puzzo era lo stesso. Una donna vecchia e grassa che si reggeva ad una maniglia accanto a me faceva bella mostra, grazie al vestito senza maniche, del piú incredibile nido d'uccelli sotto le ascelle che abbia mai visto. Speriamo che Tim non l'abbia visto altrimenti sarà per sempre disgustato dalle donne.

Domani andremo al Modern Art Museum e in un paio di altri posti. Non credo che resteremo qui domenica per tutto il giorno perché la mamma non si sente a suo agio qui, proprio come noi.

2 settembre

Alla fine è stato deciso di non passare per Chicago. All'università dovranno cambiare qualche impiegato e cosí papà deve tornare a casa. Si è offerto di allungare la strada, fermandoci per qualche ora a Chicago, perché non vuole darmi una delusione. Ma io non sono poi cosí immatura. Poi tra poche settimane rivedrò Joel e oltretutto non siamo né fidanzati né altro. Vorrei che lo fossimo.

4 settembre

È una gran noia guidare per tutto il giorno e per buona parte della notte. Papà ha gli occhi fuori dalla testa e Alex continua a dimenarsi. Vorrei poterlo aiutare a guidare ma papà non vuole assolutamente dato che non ho la patente. La voglio prendere appena potrò.

Ancora un cartellone pubblicitario e darò i numeri!

6 settembre

Finalmente a casa. Papà, poveraccio, deve andare subito all'università anche se è stanco morto. Se io, giovane come sono, mi sento cosí stanca non riesco a capire come può farcela lui a mettere un piede dietro l'altro. La mamma corre per la casa cinguettando come un uccellino ma so che riesce a farlo soltanto perché è giunta a CASA! Oh, che parola meravigliosa, splendida, divina e adorabile.

Anch'io comunque comincio a sentirmi piuttosto bene. Solo poche ore fa nessuno di noi pensava che sarebbe stato in grado di vivere per piú di pochi minuti ma ora sembriamo tutti ricaricati. Alex è partita a razzo per andare da Tricia a prendere Honey, i suoi gattini e Felicità; Tim si trastulla nella sua "camera puzzolente" come la chiama Alex ed io faccio ciò che piú mi piace, cioè godermi la mia bellissima camera coi suoi libri e le mie cose. Non so decidere cosa voglio fare prima, suonare il mio bel pianoforte o acciambellarmi con un libro in mano o fare un bel riposino.

Penso che il riposino avrà la meglio.

7 settembre

Oggi al supermercato ho incontrato Fawn... che mi ha invitato ad andare a casa sua stasera a fare una nuotata in piscina. Non è bello? Quest'anno, forse, tornerò coi ragazzi normali e se sarà davvero cosí i fissati non oseranno piú importunarmi. Non sarebbe perfetto? Fawn e le sue sorelle, comunque, studiano balletto acquatico; io non sono una gran nuotatrice ma Fawn ha promesso di darmi lezione. Spero di non affogare o di batter la testa nella parte della piscina dove l'acqua è bassa.

10 settembre

Non capisco perché mi sento sempre cosí insicura e impaurita. Non conosco Fawn da molto tempo eppure quasi mi sento gelosa delle sue altre amiche. Penso che siano piú carine e intelligenti di me e che nessuno desideri veramente che io stia con loro. Tutto questo però è stupido visto che mi invitano continuamente. Sono veramente sciocca. Spero che nessuno di loro abbia sentito parlare di tutte le sporche storielle che sono state dette su di me. Non so con chi abbiano parlato Jan, Marcie e tutti gli altri fissati, ma voglio sperare che non l'abbiano fatto con tutta la scuola. Oh, spero che non mi facciano piú del male. Le altre ragazze sono forse timide come me? Infatti se penso che un ragazzo potrebbe invitarmi ad uscire con lui ho una paura folle che non lo farà, se invece lo fa allora ho paura di uscire.

Proprio ieri sera stavamo nuotando quando una macchina piena di ragazzi si è fermata a casa di Fawn. Allora suo padre, che è una brava persona davvero, gli ha chiesto di entrare a bere qualcosa. Cosí abbiamo scherzato per un po', bagnato il cortile e ballato sul cemento bagnato. Ci siamo divertiti e dovevo essere proprio carina se Franck... mi ha chiesto di uscire con lui! In effetti voleva accompagnarmi a casa ma ho preferito restare e aiutare Fawn a mettere in ordine. Credo comunque che la verità sia che non mi trovo piú a mio agio coi ragazzi. Secondo la mamma il motivo è che mi sento nuovamente impaurita e insicura; spero che abbia ragione. Lo spero proprio!

11 settembre

La prima cosa che ha fatto Fawn questa mattina è stata quella di telefonarmi. Vorrebbe dare una festa venerdí e invitare dei ragazzi. Nel pomeriggio andrò a casa sua ad aiutarla a fare i piani per la festa ma, a dir il vero, voglio evitare di impegnarmi troppo. Wally le ha chiesto di uscire anche ieri sera e questa sera andrà al cinema con lui. In un certo senso vorrei che non lo facesse. Non so perché mi preoccupo tanto per lei, dopo tutto ha qualche mese piú di me, ma è che per me i ragazzi sono alla base della maggior parte dei problemi. O almeno lo sono stati per me, il che forse è una grossa bugia. Ad ogni modo stamattina leggevo un articolo sull'identità e sulla responsabilità in cui si diceva che i ragazzi a cui non si dà la possibilità di prendere decisioni da soli non crescono mai, quelli invece che devono prenderle prima di essere in grado di farlo non crescono neppure loro. Personalmente non credo di rientrare in una delle due categorie, ma l'idea è interessante.

Ciao.

16 settembre

Indovina un po'? La signora... la mia vecchia maestra di pianoforte, ha telefonato perché vuole che suoni come solista in un concerto dei suoi migliori allievi. Vorrebbe farlo nel piccolo auditorium dell'università, pubblicizzarlo ecc. ecc. e mettere la mia fotografia sulla copertina del programma. Naturalmente sa delle mie mani e perciò il concerto verrebbe dato solo in autunno avanzato, ma non la trovi una prospettiva meravigliosa? Non sapevo d'esser cosí brava! Sinceramente, onestamente e realmente non lo sapevo.

Lei vorrebbe incontrarsi coi miei genitori una di queste sere per discutere la sua idea. Sinceramente mi sento ancora al settimo cielo. Non posso credere che sia vero. Voglio dire che mi esercito ogni giorno e alle volte mi siedo a suonare per divertimento se non c'è nient'altro da fare ma ciò accade soprattutto perché non mi va di guardare la televisione, soprattutto la roba che piace a Tim e a Alex, e poi perché non posso leggere in continuazione. Non credevo d'essere cosí brava. Chissà se i ragazzi penseranno che dare un concerto sia una cosa abbastanza stupida? Non voglio certo mandare in malora i miei rapporti con loro, particolarmente adesso che abbiamo cominciato a sviluppare un'amicizia cosí bella. Sarà meglio aspettare prima di parlarne a Fawn. Voglio attendere solo fino a dopo la festa. So che in questo momento è l'unica cosa a cui lei pensa.

P.S. Ho ricevuto la piú bella lettera che Joel mi abbia scritto in cui dice di avere una gran voglia di vedermi. Non gli ho detto di pensarla esattamente allo stesso modo ma sono certa che lo sa.

17 settembre

Pensa un po', mi sono giunte le mestruazioni. Ed ora finirò per vergognarmi anche di questo. Se comprassi il Tampax invece che il Kotex la mamma si arrabbierà? Probabilmente sí e cosí è meglio non correre il rischio. Però 'sto fatto mi complica le cose per domani sera. Ma comunque non importa. Potrò sempre mettere i miei pantaloni nuovi a quadrettoni ed anche la mia camicetta nuova, però è un peccato. Oh be', non posso farci niente e cosí è meglio ch'io sia allegra. Giusto?

Buona notte.

18 settembre

Stamattina ho guardato il cielo e mi sono resa conto che l'estate se n'è quasi andata e mi sono rattristata perché mi sembra che l'estate non sia neppure arrivata. Oh, non voglio che finisca. Non voglio invecchiare. Ho questa stupida paura, caro amico, cioè che un giorno sarò vecchia senza essere mai stata veramente giovane. Mi domando se ciò accada cosí in fretta o se ho già rovinato la mia vita. Pensi che la vita possa passarti accanto senza che tu neppure la veda? Accidenti, mi vengono i sudori freddi solamente a pensarci.

(?)

Che razza di stupida sono! Domani è il compleanno di papà e me ne ero completamente dimenticata. Tim e la mamma avevano programmato un'uscita solo per la famiglia ma ero talmente presa da Fawn e dagli altri ragazzi che non hanno voluto disturbarmi parlandomi dei dettagli, il che dovrebbe servire a farti capire chi è la pecora nera di questa casa. Oh be', non vale la pena che me la prenda con me stessa per questo. Dovrò semplicemente pensare a qualcosa di super speciale per papà e sorprender tutti.

Ciao.

19 settembre

La mamma aveva ragione. I miei presentimenti a proposito della festa da Fawn erano completamente ridicoli. La festa è stata magnifica, splendida. I genitori di Fawn sono proprio simpatici e i ragazzi alla festa erano proprio quelli in gamba. Jess... che il prossimo anno sarà il presidente del consiglio studentesco, Tess che lo sarà per le ragazze, Judy e tutti gli altri. Ricordo che un anno fa pensavo che tutti questi ragazzi fossero una massa di noiosi filistei mentre ora spero che mi diano un'altra possibilità di stare con loro e che non mi respingano.

Ho idea che se fossi davvero matura accetterei il fatto che presto o tardi qualcuno cominci a parlare del mio arresto, anche se è stato tanto tempo fa, e allora i genitori di ogni bravo ragazzo gli diranno di non perder tempo con me visto che gli rovinerò la reputazione. Ogni bravo ragazzo si domanderà come sono io dentro. Se saprà che sono stata in un ospedale psichiatrico non mi è difficile immaginare cosa gli passerà per la testa e cosa dirà. Si può pensare che in una scuola con piú di novecento ragazzi potrei passare da un gruppo all'altro e posso farlo se mi si darà la possibilità. Oh, posso farlo! Vi prego, fatemelo fare!

Forse dovrei comportarmi onestamente e dirlo a Fawn e ai suoi genitori. Secondo te capirebbero o la cosa ci metterebbe tutti in imbarazzo? So che presto o tardi dovrò parlare con Fawn a proposito dell'ospedale. Mi ha già chiesto delle mie mani e non credo sia bello continuare a mentire. Vorrei sapere quel che devo fare. Se avessi qualcuno che sa come trattare queste faccende non dovrei star qui seduta sul letto a scocciare te e me. Questo qualcuno potrebbe dirti chiaramente: "Fai questo o fai quello." Sono certa che la mamma e papà in queste cose sono ancora piú incerti di me. Hanno cercato di essere cauti il piú possibile sulla faccenda e non sono affatto certa che abbiano parlato di ciò neppure coi loro amici piú intimi. Perché la vita è cosí difficile? Perché non possiamo essere noi stessi e venire accettati per quello che siamo? Perché non posso essere me stessa come lo sono ora senza dovermi concentrare, irritarmi e preoccuparmi a causa del mio passato e del mio futuro? Odio di non poter mai sapere se domani Jan, Lane, Marcie e tutti gli altri mi daranno la caccia. Vorrei non essere mai nata.

Che cosa penserebbe il buon Frank se sapesse veramente come sono fatta dentro? Probabilmente scapperebbe come un coniglio impaurito oppure penserebbe immediatamente a prendersi tutto quel che vuole, e vorrebbe una cosa sola!

Vorrei poter dormire. Non è strano che a volte il tempo vada cosí in fretta che non si riesce neppure a tenerne il passo? È quello che è successo nelle ultime due o tre settimane. Ore, minuti, settimane e mesi si uniscono tra di loro in un offuscamento balenante. Oggi è il compleanno di papà, domani il mio. Cento anni fa a quest'ora sarei già stata sposata, vivrei in una qualche fattoria e farei dei figli. Penso d'esser fortunata che ai giorni nostri queste cose non accadano cosí in fretta. Ma ad ogni buon conto devo cominciare a comportarmi e a pensare di piú da persona adulta.

Piú tardi

Oh, oggi pomeriggio ho fatto una corsa fuori a comprare un golf senza maniche per papà. Sono certa che gli piacerà perché lui ha visto un qualcosa di simile nella vetrina del negozio del signor Taylor e ha detto che andrebbe benissimo per l'ufficio quando non vuol indossare la giacca. Ora dovrò solo completare di scrivere una poesia augurale e cosí finalmente sarò riuscita a fare qualcosa per bene. Ma la vita è cosí esplosiva e confusa anche per gli altri? Spero di no perché non auguro questa mia confusione a nessun altro.

Chissà se faranno una festa unica per me e per papà questa sera o se ne faranno una per ognuno di noi? Due torte di compleanno in una sola settimana potrebbero far star male chiunque.

Gesú, un altro compleanno. Domani sarò quasi vecchia o almeno avrò percorso quasi tutta la strada della mia adolescenza. Mi sembra ieri che ero una bambina.

20 settembre

Avevo appena aperto gli occhi che Frank ha telefonato per chiedermi di uscire con lui stasera ma gli ho detto che avrei avuto da fare coi miei per tutto il week-end. Mi è sembrato deluso ma penso che mi abbia creduto. Ad ogni modo ora sento l'odore di una gran quantità di pancetta che sta cuocendo di sotto e ho tanta fame che potrei mangiare la trapunta.

Ciao.

P.S. Il compleanno di papà è stata una cosa grandiosa. Ci sentivamo tutti cosí uniti e pieni d'amore che ci siamo divertiti moltissimo. Ma te ne parlerò piú tardi.

P.P.S. Ha apprezzato moltissimo il mio golf e la mia poesia. Credo che abbia apprezzato soprattutto la poesia perché l'ho scritta proprio per lui. Si è persino soffiato il naso quando l'ha letta.

Piú tardi

Di sotto stanno complottando e tutta la casa è piena di profumini da acquolina in bocca adatti a re e a principesse esotiche. Che stanno facendo? La mamma, Tim e Alex non mi hanno neppure lasciata entrare nel soggiorno. Mi hanno detto di andare di sopra a fare un bagno e a pettinarmi e hanno aggiunto che non dovrò scendere finché non sarò l'essere vivente piú bello del mondo. Non so come possano aspettarsi questo da me ma provare sarà divertente.

Piú tardi

Non potrai mai, mai immaginare quel che è accaduto! Joel era qui! Lo sapevo che si sarebbe iscritto tardi all'università per via del suo lavoro ma... Be', non posso ancora crederlo. Il disgraziato. È in città da quattro giorni ed era giú in soggiorno in carne ed ossa quando sono tornata a casa nel pomeriggio con addosso un paio di pantaloncini corti e la piú vecchia casacca di tuta del papà spruzzata di calce bianca. Mi ha detto che quando mi ha vista trascinarmi su per il sentiero, era ormai pronto a far marcia indietro e a tornare a Chicago; per fortuna mi sono messa l'abito bianco e un nuovo paio di sandali. Non riusciva a credere che fossi la stessa persona. Tim e papà si son messi a ridere e han detto di averlo dovuto legare ad una sedia per farlo restare dopo che mi aveva visto per la prima volta.

È stata una serata di gran divertimento e sono certa che mi avevano preso in giro, almeno lo spero. Ad ogni modo quando Joel mi ha visto, mi ha baciato subito sulle labbra di fronte alla famiglia stringendomi tanto forte che ho pensato che i miei organi interni e la schiena si sbriciolassero come patatine. È stato bellissimo anche se mi sentivo un po' imbarazzata.

Avevano fatto piani per il mio compleanno per tutta l'estate ed io che pensavo che sarebbe stato fatto con gli avanzi di quello di papà! Invece è stato il piú bel compleanno che abbia mai avuto. Joel mi ha regalato un anello dell'amicizia smaltato di bianco e ornato di fiorellini che porterò fino alla morte. Ce l'ho al dito proprio ora ed è molto bello. La mamma e papà mi hanno regalato una giacca di cuoio che desideravo da tanto tempo, Tim una sciarpa e Alex mi ha fatto un torrone di noccioline che però ha finito per esser mangiato da papà, da Joel e da Tim perché volevano far pari con me visto che avevo mangiato la maggior parte di quello di papà nel giorno del suo compleanno. Quella buffoncella di Alex sa fare il torrone di noccioline meglio di me e della mamma; lo sa ma non vuol rivelarci il suo segreto; forse però l'unica spiegazione è che Alex è talmente dolce che una parte di lei va a finire sulle noccioline.

Sono riuscita a star sola con Joel solo per una decina di minuti quando ci siamo seduti sui gradini del portico prima che papà lo accompagnasse in macchina nel posto dove abita. Ho persino dimenticato di dirgli che dobbiamo parlare di tante cose ma sono sicura che lui mi ama in un modo quieto, tranquillo, dolce, permanente e duraturo. Ci siamo tenuti la mano per gran parte della serata ma la cosa non aveva un gran significato perché Alex era aggrappata all'altra mano e Tim insisteva per portarlo via a vedere le cose che ha raccolto durante l'estate.

Be', se voglio alzarmi alle sei domattina per esercitarmi al piano e se voglio affrontare la giornata bene, è meglio che riposi un po'. E poi voglio sognare di quella bellissima giornata che è stata oggi e di come sarà ancora piú meravigliosa ogni giornata dopo questa.

21 settembre

Mi sono svegliata anche prima che suonasse la sveglia. Sono solo le cinque e cinque e dubito che qualche altra persona che vive in questo isolato sia già in piedi. Però mi sento cosí sveglia che la cosa mi dà quasi fastidio. Francamente, credo di essere tanto sciocca da aver una gran fifa di dover tornare a scuola ma, quando ragiono, so che andrà tutto bene perché Joel è con me e perché i miei nuovi amici supernormali mi aiuteranno. E poi mi sento molto piú forte di quello che ero. So di esserlo.

Un tempo m'ero fatta l'idea che avrei comprato un altro diario dopo averti riempito e che avrei tenuto un diario o un memoriale per tutta la vita. Ma ora penso che non lo farò. I diari sono una gran cosa finché si è giovani. Difatti tu mi hai salvato dalla pazzia, cento, mille, un milione di volte. Ma penso che quando una persona diventa adulta dovrebbe essere in grado di parlare dei suoi problemi e dei suoi pensieri con altra gente invece che soltanto con un'altra parte di se stessa come sei stato tu per me. Non sei d'accordo? Lo spero perché tu sei il mio miglior amico e ti sarò sempre grata per aver diviso con me lacrime e batticuore, lotte e conflitti, gioie e felicità. A suo modo, tutto questo mi è servito, credo.

Ciao.

Epilogo

La protagonista di questo libro è morta tre settimane dopo aver deciso di non tenere un altro diario. I suoi genitori, tornati a casa dal cinema, la trovarono morta. Telefonarono alla polizia e all'ospedale ma non ci fu niente da fare.

Si è trattato di una morte dovuta a una quantità eccessiva di droga? Presa accidentalmente oppure premeditatamente? Non lo sa nessuno e, in un certo senso, il problema non ha importanza. La sola cosa che ci deve preoccupare è che lei è morta e che la sua è soltanto una di circa cinquantamila morti dovute alla droga in quell'anno.

Stampa Grafica Sipiel
Milano, luglio 2002